瑞蘭國際

瑞蘭國際

每天 10 10 min 聽聽韓國人怎麼說

國立臺灣大學韓語教師 裴英姬 著

繽紛外語編輯小組 總策劃

作者序

　　我有一位朋友很喜歡吃臺灣特產鳳梨酥。每年要回韓國之前都會問他：「我要回韓國，你想吃什麼臺灣食物啊？」然後每次他都回答：「鳳梨酥。」去年要回韓國前，我又問了那位朋友：「需要幫你買鳳梨酥回去嗎？」朋友卻回答：「不用！」當時我心裡面想，他是不是已經吃膩鳳梨酥了，但朋友卻接著說：「我最近都在韓國團購鳳梨酥，價格也不貴，你不用辛苦地帶過來了。」原來他每天喝咖啡時都會搭配鳳梨酥一起吃。由此可以看出臺灣與韓國的距離，真的越來越近了！

　　這幾年在臺灣學韓語的人群當中，我發現不少人是為了去韓國旅行而學習韓語。通常這些學生都會想，如果學習韓語3個月到半年，在韓國自助旅行時，溝通上應該不會有問題。只不過在臺灣所使用的韓語課本，內容大部分是以在韓國生活時常使用的對話為主，而且要學1年多才能自由地跟韓國人溝通，或聽懂在韓國各種場合的廣播內容。在了解學生們有這樣的需求後，當我回去韓國時，只要聽到對學生們有幫助的廣播內容，都會一一記錄下來，接著在回來臺灣後，把這些廣播內容當作上課教材，讓學生們學習。當時，正好瑞蘭出版社的王社長向我建議，可以寫韓檢以外的聽力書籍，就想到如果有這樣的書，對準備去韓國旅行的學生們而言，絕對很有幫助。另外，以我在韓檢班的教學經驗，我發現韓檢考試時的聽力題目其實就是時常出現在生活中的廣播內容。於是我寫了這本《每天10分鐘，聽聽韓國人怎麼說》，希望讀者每天只要花10分鐘，聽聽簡短的廣播內容，除了可以應用在旅行途中，同時也能用來準備檢定考的聽力科目。

　　臺灣已經是韓國人願意利用週末，或是透過三天兩夜的小旅行，來品嚐美食，得到短暫休息的鄰近國家。同樣的，我的學生們也喜歡利用短短

的時間去韓國旅遊、吃美食及休息！（原來臺灣人也喜歡團購韓國餅乾呢！）所以衷心希望這本書，能讓準備前往韓國旅遊的讀者們得到幫助，透過短文可以學習到當地常使用的句子。

　　身為中文學習者的我，能深刻體會每天重複練習外語所達到的成效，絕對不是只花一天的時間就能擁有！期盼各位讀者們能每天投資10分鐘，如此一來，10天、20天後，絕對能看見韓語實力有顯著的進步！

　　最後，謝謝瑞蘭出版社的王社長還有治婷，沒有他們的建議與鼓勵，就不會有這本書的出版，同時也感謝臺灣大學社會學研究所詠瑛助教、外文系南守云助教、經濟系蔡子殷同學以讀者角度給予寶貴的意見，在此致上謝意！

裴英姬

2018年5月

如何使用本書

跟著《每天10分鐘，聽聽韓國人怎麼説》，每天只要10分鐘，活用62個韓語聽力公式，運用機場、交通、住宿觀光、餐飲購物、生活……等場面，不知不覺中，就能馬上提升韓語聽力，應對進退更得宜！

本書讓您聽力大躍進的6步驟

先了解聽力難易度。
一顆星最簡單、
二顆星適中、
三顆星最難。

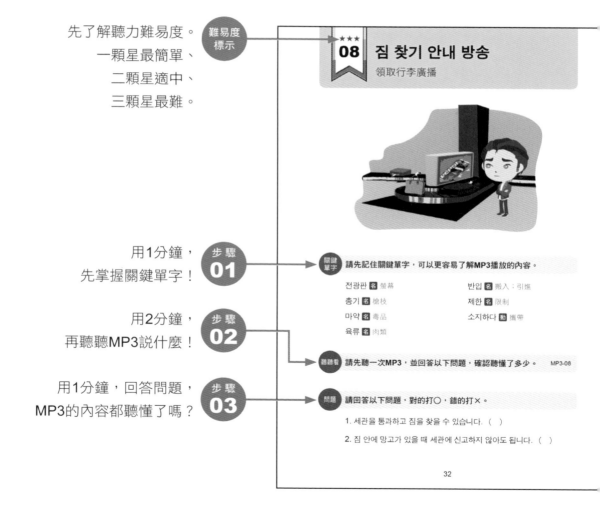

難易度標示

★★★
08 짐 찾기 안내 방송
領取行李廣播

用1分鐘，
先掌握關鍵單字！

步驟 01

關鍵單字 請先記住關鍵單字，可以更容易了解MP3播放的內容。

전광판 名 螢幕
총기 名 槍枝
마약 名 毒品
육류 名 肉類

반입 名 搬入；引進
제한 名 限制
소지하다 動 攜帶

用2分鐘，
再聽聽MP3説什麼！

步驟 02

聽聽看 請先聽一次MP3，並回答以下問題，確認聽懂了多少。　MP3-08

用1分鐘，回答問題，
MP3的內容都聽懂了嗎？

步驟 03

問題 請回答以下問題，對的打〇，錯的打×。

1. 세관을 통과하고 짐을 찾을 수 있습니다. (　)
2. 짐 안에 망고가 있을 때 세관에 신고하지 않아도 됩니다. (　)

32

步驟 04 用2分鐘，
一邊看原文，再聽一次MP3，對照中文翻譯，理解所有內容！

原文　짐 찾는 곳은 입국 심사 후에 전광판에서 도착 시간과 항공편명을 확인하면 짐 나오는 곳의 번호가 보입니다. 짐을 찾고 세관을 통과할 때 여러가지를 주의해야 합니다. 세관에서는 총기, 마약류와 과일 등의 채소류, 소시지, 햄 등의 육류의 반입이 제한됩니다. 해당 물품을 소지하신 여행객께서는 반드시 세관에 신고하세요.

翻譯　領取行李的地方是在入境審查之後，在螢幕上確認抵達時間和班機名稱，就可以看到行李出處的號碼。拿到行李，通過海關時要注意各種事項。海關限制引進槍枝、毒品。而攜帶水果等蔬果類，香腸、火腿等肉類的旅客，請務必到海關申報。

重點句型
★ -(으)면：意思為「如果～；～的話」。表示推測；假設。
내일 비가 오면 캠핑에 가지 않습니다.
明天下雨的話，就不去露營。

★ -아/어/여야 하다：意思為「得～；必須～」。
오늘 저녁에 예능 프로그램을 꼭 봐야 합니다.
晚上得要看綜藝節目。

步驟 05 用2分鐘，
複習原文中出現的句型，
您也是聽力達人！

延伸學習
국민 거주자 國民居住者	해외 체재자 國外滯留者
외국인 거주자 外國人居住者	외화 반입 引進外幣
비거주자 非居住者	여행 경비 旅行經費
해외 이주자 國外移住者	유학생 留學生

步驟 06 用2分鐘，
延伸學習相關實用單字，
增強實力！

每天只要10分鐘，
馬上提升韓語聽力！

33

目 次

PART I
공항 機場   11

PART IV
음식 · 구매 餐飲 · 購物 97

PART V
생활하기 生活   135

★ ★ ★

PART I

공 항

機 場

─────────

聽力要點

　　去韓國旅行時，大部分的人都會選擇搭飛機。即使是在臺灣的機場，也可以聽到很多韓語。韓文有一句話是「손님은 왕이다」，中文意思就是「顧客至上」，因此在機場聽到的所有韓語，都是向年長者或顧客使用的敬語。所以在機場所聽到的韓語，就是我們可以學習的敬語表現方式，同時還可以學習到搭乘飛機旅行時該知道的單字。就讓我們以實際去韓國旅行的心情，開始聽聽韓國人怎麼說吧！

01 ★★☆

비행기 탑승 안내
搭乘飛機廣播

關鍵
單字
請先記住關鍵單字，可以更容易了解MP3播放的內容。

승객 **名** 乘客　　　　　　　　방송 **名** 廣播

항공 **名** 航空　　　　　　　　지참하다 **動** 帶；攜帶

탑승 **名** 搭乘（탑승구 登機口；　　일반 **名** 一般
　　　　　　 탑승권 登機證）　　　편 **名** 班機；航班

聽聽看　請先聽一次MP3，並回答以下問題，確認聽懂了多少。　　MP3-01

問題　請回答以下問題，對的打○，錯的打✕。

1. 이 비행기는 10분 후부터 탑승할 수 있습니다. （　）

2. 어린이와 함께 비행기를 타려면 10분을 기다려야 합니다. （　）

原文

승객 여러분 안녕하십니까. 한국항공 KA 765편 탑승 안내 방송입니다. 지금부터 B1번 탑승구에서 탑승을 시작하겠습니다. 어린 아이를 동반한 승객이나 도움이 필요한 승객은 지금 탑승해 주시기 바랍니다. 탑승시 탑승권과 여권을 지참해 주시기 바랍니다. 일반 탑승은 약 10분 후에 시작하겠습니다. 감사합니다.

翻譯

各位乘客您好。（這是）韓國航空KA 765班機搭乘廣播。現在開始在B1登機口登機。有兒童同行的乘客或需要協助的乘客請現在搭乘。搭乘時，請帶著登機證及護照。（需要協助以外的）經濟艙乘客，約10分鐘後開始登機。謝謝。

重點句型

★ **-부터**：意思為「從～」。
내일부터 비가 오겠습니다.
從明天開始下雨。

★ **-겠**：意思為「會～」。表示快到的未來。
내일 다시 오겠습니다.
明天會再來。

★ **-아/어/여 주다**：意思為「請～（做）給我」。
이 옷을 바지로 바꿔 주세요.
請幫我將這件衣服換成褲子。

★ **-(으)시-：表示對主語的尊敬。**

아버지는 매일 회사에 가십니다.

父親每天去公司。

★ **-기 바라다：意思為「希望～」。**

이번 시험은 꼭 통과하기 바랍니다.

希望這次考試一定要通過。

延伸學習

여러분 各位

안내 指南

시작하다 開始

도움 幫忙

필요하다 需要

여권 護照

여기 탑승권이 있습니다.

登機證在這裡。

02 기내 출발 안내 방송

★★☆

機內起飛廣播

關鍵單字 請先記住關鍵單字，可以更容易了解MP3播放的內容。

항공기 **名** 飛機　　　　　　예상되다 **動** 預計；預測

탑승 **名** 搭乘；登機　　　　짐 **名** 行李

환영하다 **動** 歡迎　　　　　좌석 **名** 座位

편 **名** 班機；航班　　　　　안전벨트 **名** 安全帶

비행시간 **名** 飛行時間　　　착용하다 **動** 戴；繫

聽聽看 請先聽一次MP3，並回答以下問題，確認聽懂了多少。　　MP3-02

問題 請回答以下問題，對的打〇，錯的打×。

1. 이 비행기는 세시간 안에 인천국제공항에 도착합니다. （　　）

2. 안전벨트를 매고 출발 준비를 해야 합니다. （　　）

승객 여러분 안녕하십니까. 우리 항공기의 탑승을 환영합니다. 이 비행기는 인천행 765편입니다. 목적지 인천국제공항까지의 비행시간은 약 2시간 20분이 예상됩니다. 짐은 윗쪽 선반 혹은 좌석 아래에 넣어주십시오. 그리고 안전벨트를 착용해 주십시오. 저희 비행기는 곧 출발합니다.

翻譯

各位乘客您好。歡迎搭乘本班機。本班機是飛往仁川的765班機。抵達目的地仁川國際機場的飛行時間預計為2小時20分鐘。請將行李放置在上方的置物箱或座椅下方，並繫上安全帶。本飛機即將起飛。

重點句型

★ -까지：意思為「到～」。
지하철을 타고 명동까지 갑니다. 搭地下鐵到明洞。

★ -아/어/여 주다：意思為「請～（做）給我」。
모두은행 앞까지 가 주세요. 請帶我到Mo-doo銀行前面。

★ -(으)십시오：＜敬＞意思為「請～」。
여기에 앉으십시오. 請坐在這裡。

延伸學習

기내 機內	타다 搭
기장 機長	내리다 下
승무원 空服員	출발지 出發地
매다 戴；繫	

03 기내식 소개
機內餐飲介紹

關鍵單字 請先記住關鍵單字，可以更容易了解MP3播放的內容。

식사 名 用餐　　면 名 麵
준비 名 準備　　음료수 名 飲料
소고기 名 牛肉　　맥주 名 啤酒
돼지고기 名 豬肉

聽聽看 請先聽一次MP3，並回答以下問題，確認聽懂了多少。　MP3-03

問題 請回答以下問題，對的打〇，錯的打✕。

1. 오늘 식사 메뉴는 소고기와 돼지고기입니다. （ 　 ）

2. 지금 커피를 마실 수 있습니다. （ 　 ）

原文

식사 준비해 드리겠습니다. 손님, 소고기 밥과 돼지고기 면이 준비되어 있습니다. 어떤 것으로 드시겠습니까? 음료수는 콜라, 맥주, 주스가 있습니다. 어떤 것으로 하시겠습니까? 커피와 차는 조금 후에 준비해 드리겠습니다.

翻譯

我們將為您提供餐點。乘客，我們備有牛肉飯和豬肉麵。請問要用哪個餐點？飲料有可樂、啤酒、果汁。請問要喝哪個？咖啡和茶稍後將準備給您。

重點句型

★ -아/어/여 드리다：＜敬＞意思為「～（做）給」。

무엇을 도와 드릴까요?

需要幫您什麼忙嗎？

★ -와/과：意思為「～及～」。

빵과 우유가 있습니다.

有麵包及牛奶。

커피와 케이크도 있습니까?

也有咖啡和蛋糕嗎？

★ -아/어/여 있다：意思為「有～；備著～」。

집에 감기약이 준비되어 있습니다.

家裡預備有感冒藥。

★ -겠：意思為「要～」。表示快到的未來

그럼, 택시를 타겠습니다.

那麼，要搭計程車了。

延伸學習	한식 韓食；韓國料理	스튜어디스 (stewardess) 空姐	
	닭고기 雞肉	스튜어드 (steward) 空少	
	대만식 臺灣式	저기요 引起別人注意時用語	

저는 돼지고기 밥하고
주스 한잔 주세요.
請給我豬肉飯和
一杯果汁。

04 기내 면세품 판매
機內免稅商品販賣

關鍵單字 請先記住關鍵單字，可以更容易了解MP3播放的內容。

면세품 **名** 免稅商品

판매 **名** 販賣；販售

필요한 물건 需要的物品

지나가다 **動** 經過

비치되다 **動** 放置；備有

주문서 **名** 訂購單

사전 **名** 事前；事先

작성하다 **動** 寫

聽聽看 請先聽一次MP3，並回答以下問題，確認聽懂了多少。　　MP3-04

問題 請回答以下問題，對的打〇，錯的打×。

1. 면세품을 사려면 승무원에게 말합니다. (　)

2. 면세품은 비행기를 타기 전에 미리 살 수 있습니다. (　)

20

原文

　지금부터 기내 면세품 판매를 시작하겠습니다. 필요한 물건이 있으시면 판매 카트가 지나갈 때 승무원에게 말씀해 주시거나 좌석에 비치된 면세품 주문서를 작성해 주시기 바랍니다. 사전 기내 면세품을 주문하신 분도 승무원에게 말씀해 주시기 바랍니다. 즐거운 쇼핑 시간 되시기를 바랍니다.

翻譯

　現在要開始要販賣機內免稅商品。如果有需要的商品，販賣車經過時請告訴空服人員，或請填寫放置在座位前方的訂購單。事先訂購機內免稅商品的乘客，也請告知空服人員。祝您有愉快的購物時間。

重點句型

★ **-(으)면**：意思為「如果～；～的話」。表示推測；假設。
커피를 마시면 잠이 안 옵니다.
喝咖啡的話，會睡不著。

★ **-ㄹ/을 때**：意思為「～的時候」。
쇼핑할 때 미리 리스트를 작성합니다.
購物時，先寫購物清單。

★ **-기 바라다**：意思為「希望～」。
이 선물을 좋아하기 바랍니다.
希望喜歡這份禮物。

延伸學習

한도 限度；額度

초과 超過

미만 未滿

환율 匯率

달러 (dollar) 美金

대만돈 臺幣

수량 數量

개수 數量

신용카드 승인 信用卡授權

여기, 면세품 주문하고
싶은데요.
我想訂購免稅商品。

05 기내 도착 안내 방송

機內抵達廣播

★☆☆

 關鍵 單字 **請先記住關鍵單字，可以更容易了解MP3播放的內容。**

즐거운 시간 愉快的時間

곤 副 馬上；即將

도착하다 動 抵達

날씨 名 天氣

대체로 副 大致上；基本上

맑은 편 晴朗的；偏向晴朗

현지 名 當地

잊으신 물건 忘記的東西

聽聽看 **請先聽一次MP3，並回答以下問題，確認聽懂了多少。** MP3-05

問題 **請回答以下問題，對的打○，錯的打×。**

1. 서울은 오늘 비가 오지 않습니다. （ ）

2. 출발지 현재 시간은 오전 열한 시입니다. （ ）

　　승객 여러분, 즐거운 시간 되셨습니까? 이제 곧 목적지인 인천국제공항에 도착하겠습니다. 서울 날씨는 대체로 맑은 편이며 현지 시간은 오전 열한 시입니다. 잊으신 물건이 없으신지 다시 한번 확인해 주시기 바랍니다. 오늘도 저희 항공을 이용해 주셔서 감사합니다.

翻譯

　　各位乘客，搭乘時間過得愉快嗎？現在即將抵達目的地仁川國際機場。首爾的天氣是大致晴朗，當地時間是上午十一點。請再一次確認是否有遺忘的物品。今天也非常感謝搭乘我們航空公司。

重點句型

★ -ㄴ/은 편：意思為「比較～；偏向～」。

차가 막히는 시간에는 지하철이 더 빠른 편입니다.

塞車的時間（搭）地下鐵會更快。

★ -이며：接續在名詞後面，表示羅列事實。

우리 선생님은 한국 사람이며 부산에서 왔습니다.

我的老師是韓國人，從釜山來的。

★ -ㄴ/은지：意思為「是否～」。接續在形容詞或「있다」、
　　　　　「없다」的後面。

식당에 자리가 있는지 확인해 보세요.

請確認看看餐廳是否有位子。

延伸學習

흐리다　陰天

비가 오다　下雨

눈이 오다　下雪

바람이 불다　吹風

출발지 시간　出發地時間

유실물　遺失物品

수하물　行李

제 짐을 좀 내려주세요.
請幫我把行李拿下來。

06 입국 심사 안내
入境審查

關鍵
單字　**請先記住關鍵單字，可以更容易了解MP3播放的內容。**

입국 신고서　入境登記表　　　　　잉크 (ink) 名 墨水

어린이 名 兒童　　　　　　　　　심사관 名 移民官

대문자　大寫字母　　　　　　　　협조하다 動 協助

명확하다 形 明確

聽聽看　**請先聽一次MP3，並回答以下問題，確認聽懂了多少。**　　MP3-06

問題　**請回答以下問題，對的打○，錯的打×。**

1. 입국 신고서는 모든 사람이 한 장씩 작성해야 합니다. (　)

2. 입국 심사시 심사관이 질문을 할 수도 있습니다. (　)

26

原文

대한민국 입국 신고서는 어린이를 포함하여 모든 외국인 여행자들이 각각 한 부씩 작성합니다. 한국어나 영어 대문자로 한 칸에 한 글자씩 명확하게 작성하며 검정색이나 파란색 잉크만을 사용합니다. 여행객들은 입국 심사대에서 심사관에게 여권과 여행 서류를 점검받고, 입국 심사관의 신분확인, 질문 등에 적극 협조해 주시기 바랍니다. 얼굴을 가리는 선글라스나 큰 모자는 미리 벗어 주세요.

翻譯

大韓民國入境登記表是包含兒童在內，所有外國旅客都要各自填寫一張大韓民國入境登記表。以韓文或英文大寫字母，一個格子一個字明確填寫，只能使用黑色或藍色墨水的筆。所有旅客請在入境審查台讓移民官查驗護照和旅行相關資料，並且請配合入境移民官確認身分以及提問。請先拿下會遮蓋臉的墨鏡或大帽子。

重點句型

★ **-아/어/여서：接續在動詞後面，表示連續動作。**
　　　　　　　　「서」常被省略。

회원 등록을 하여 인터넷 쇼핑을 시작했습니다.

註冊會員後，開始網購。

★ **-씩：意思為「每～；平均～」。**

하루에 세 번씩 약을 먹습니다.

每一天吃三次藥。

★ **-게**：接續在形容詞後方，表示狀態。

빠르게 운전하면 위험합니다.

開車開得太快的話會危險。

★ **-(으)며**：表示並列。

하루에 한 번 한국어를 공부하며 피아노를 칩니다.

每天唸韓文及彈鋼琴。

延伸
學習

환승　轉機	짐 찾는 곳　領行李的地方
검역　檢疫	외국 여권　外國護照
입국 심사　入境審查；入境查驗	수하물　行李

저는 관광하러 한국에
왔습니다.
我是來韓國觀光的。

07 ★★★ 세관 신고 안내

海關申報

 請先記住關鍵單字，可以更容易了解MP3播放的內容。

세관 名 海關

신고서 名 申報單

미화 名 美金

자진 名 主動

감면 名 減免

혜택 名 優惠

 請先聽一次MP3，並回答以下問題，確認聽懂了多少。　　MP3-07

問題　請回答以下問題，對的打○，錯的打×。

1. 세관 신고서는 모든 여행객이 한 장씩 작성해야 합니다. （　）

2. 해외 여행 후 30%의 세금을 내야 합니다. （　）

　　해외 여행을 다녀오신 여행객께서는 세관 신고서를 작성해 주셔야 합니다. 미화 600불 이상의 물품을 구입하셨거나 외화를 소지하신 여행객께서는 가족당 한 장의 신고서를 작성해 주셔야 하며, 신고할 물건을 없으신 여행객께서도 반드시 작성해 주셔야 합니다. 자진 신고 시 30%의 세금 감면 혜택도 드립니다.

翻譯

　　從國外旅行回來的旅客，須填寫海關申報單。購買超過美金600元的物品或攜帶同等金額以上外幣的旅客，每個家庭務必填寫一張申報單，沒有需要申報物品的旅客也一定要填寫申報單。主動申報時，會給予30%的稅金減免優惠。

重點句型

★ -께서：＜敬＞表示主語的助詞（=이/가）。
할아버지께서 신문을 보시고, 동생은 책을 읽습니다.
爺爺在看報紙，弟弟在讀書。

★ -아/어/여야 하다：意思為「得～；必須～」。
식사 후에 약을 먹어야 합니다.
用餐後必須要吃藥。

★ -거나：意思為「～或～」。接續在動詞或形容詞後面。
저녁에는 드라마를 보거나 차를 마십니다.
晚上看連續劇或喝茶。

★ -당：意思為「每～；平均～」。
콜라 한 병당 칼로리가 얼마나 됩니까?
每一瓶可樂熱量多少？

延伸學習

면세 범위	免税範圍	
검사 통로	審査通道	
면세 통로	免税通道	
구입 물품	購買商品	

총 가격　總價格

관세법　海關法

처벌　處罰

저는 신고할 물건이 없는데요.
我沒有要申報的東西。

08 짐 찾기 안내 방송
領取行李廣播

關鍵 單字 **請先記住關鍵單字，可以更容易了解MP3播放的內容。**

전광판 名 螢幕　　　　　반입 名 搬入；引進

총기 名 槍枝　　　　　　제한 名 限制

마약 名 毒品　　　　　　소지하다 動 攜帶

육류 名 肉類

 請先聽一次MP3，並回答以下問題，確認聽懂了多少。　　MP3-08

問題 **請回答以下問題，對的打○，錯的打×。**

1. 세관을 통과하고 짐을 찾을 수 있습니다. （　）

2. 짐 안에 망고가 있을 때 세관에 신고하지 않아도 됩니다. （　）

原文

　　짐 찾는 곳은 입국 심사 후에 전광판에서 도착 시간과 항공편명을 확인하면 짐 나오는 곳의 번호가 보입니다. 짐을 찾고 세관을 통과할 때 여러가지를 주의해야 합니다. 세관에서는 총기, 마약류와 과일 등의 채소류, 소시지, 햄 등의 육류의 반입이 제한됩니다. 해당 물품을 소지하신 여행객께서는 반드시 세관에 신고하세요.

翻譯

　　領取行李的地方是在入境審查之後，在螢幕上確認抵達時間和班機名稱，就可以看到行李出處的號碼。拿到行李，通過海關時要注意各種事項。海關限制引進槍枝、毒品。而攜帶水果等蔬果類，香腸、火腿等肉類的旅客，請務必到海關申報。

重點句型

★ **-(으)면**：意思為「如果～；～的話」。表示推測；假設。
내일 비가 오면 캠핑에 가지 않습니다.
明天下雨的話，就不去露營。

★ **-아/어/여야 하다**：意思為「得～；必須～」。
오늘 저녁에 예능 프로그램을 꼭 봐야 합니다.
晚上得要看綜藝節目。

延伸學習

국민 거주자　國民居住者	해외 체재자　國外滯留者
외국인 거주자　外國人居住者	외화 반입　引進外幣
비거주자　非居住者	여행 경비　旅行經費
해외 이주자　國外移住者	유학생　留學生

 請先記住關鍵單字，可以更容易了解MP3播放的內容。

유실물 **名** 遺失物品	사고 **名** 事故
관리센터 **名** 管理中心	인적사항 **名** 個人資料
분실 **名** 遺失	만족스러운 서비스 滿意的服務
수하물 **名** （隨身）行李	

聽聽看 請先聽一次MP3，並回答以下問題，確認聽懂了多少。 MP3-09

問題 請回答以下問題，對的打○，錯的打×。

1. 짐을 잃어버렸을 때 수하물 사고 보고서를 반드시 써야 합니다. （ ）

2. 잃어버린 물건이 있으면 근처 수하물 부서로 갑니다. （ ）

原文

안녕하십니까. 유실물 관리센터입니다. 짐을 분실하셨을 경우 가까운 수하물 부서를 찾아가 수하물 사고 보고서를 작성해 주시기 바랍니다. 이름과 기본 인적사항을 적어서 직원에게 주시면 됩니다. 저희 공항은 고객의 만족스러운 서비스를 위해 최선을 다하겠습니다.

翻譯

您好，這裡是遺失物品管理中心。如有行李遺失時，請至附近的行李部門填寫事故報告書。寫下姓名及基本個人資料，並交給職員即可。我們會竭盡努力，為旅客提供滿意的服務。

重點句型

★ **-ㄹ/을 경우**：意思為「～的時候；～的狀況」。

계속 아플 경우 병원에 다시 오세요.

持續不舒服的狀況，請再來醫院。

★ **-아/어/여서**：表示動作的前後關係。

백화점에 가서 옷을 샀습니다.

去百貨公司買了衣服。

★ **-스럽다**：接續在部分名詞之後，將名詞形容詞化。

저 모델은 표정이 아주 자연스럽네요!

那位模特兒的表情非常自然呢！

★ **-기 위해**：意思為「為了～」。

시험에 통과하기 위해 학원에 다닙니다.

為了通過考試，去補習班補習。

延伸學習

긴급 상황 緊急狀況   접수 受理

긴급 여권 緊急護照   단수 여권 一次性護照

임시 여권 臨時護照   복수 여권 長期護照

신규 발급 新發   해결 解決

문의 詢問

아무리 기다려도 제 짐이 안 나와요.
我的行李怎麼等都不出來。

10 공항 사람 찾기 안내 방송

機場尋人廣播

★☆☆

 請先記住關鍵單字，可以更容易了解MP3播放的內容。

안내 名 指南；諮詢

안내 데스크 名 旅客詢問處

타이베이발 名 從臺北出發

 請先聽一次MP3，並回答以下問題，確認聽懂了多少。　　MP3-10

 請回答以下問題，對的打〇，錯的打✕。

1. 송준기 손님은 타이베이에 도착했습니다. （　）

2. 송준기 손님은 3층 안내데스크에 있습니다. （　）

안내 말씀 드리겠습니다. 손님을 찾고 있습니다. 타이베이발 한국항공 701편으로 우리 공항에 도착하신 송준기 송준기님께서는 3층 C안내 데스크로 오시기 바랍니다. 감사합니다.

翻譯

旅客詢問處廣播。尋找旅客，搭乘由臺北出發韓國航空701班機，抵達至我們機場的宋俊基，宋俊基先生，請到3樓C旅客詢問處，謝謝。

重點句型

★ -고 있다：意思為「正在～」。表示正在進行。

영화를 보면서 팝콘을 먹고 있습니다. 正在看電影吃爆米花。

★ -(으)로：表示手段；表示方向。

자전거로 학교에 옵니다. 騎腳踏車到學校。

도서관으로 갑니다. 往圖書館去。

★ -께서는：＜敬＞表示主語的助詞（＝은 / 는）。

어머니께서는 요리를 하십니다. 母親在煮飯。

延伸學習

의료 서비스 醫療服務	무료 인터넷 카페 免費網咖
릴렉스존 (relax zone) 休息區	샤워실 淋浴間
키즈존 (kids zone) 兒童區	택배 宅配

★ ★ ★

PART II

교통

交通

————

聽力要點

　　除了搭乘飛機到仁川機場,還會移動到其他城市。當我們要從機場到首爾,可以選擇搭乘巴士、鐵路或計程車,但每個交通工具的搭乘位置、費用和注意事項都不同。我們在第二單元可以學習到搭乘這些交通工具的方法,以及將會聽到的廣播。若能事先了解韓國當地廣播的內容,屆時無論搭乘什麼交通工具都不必害怕,還可以規劃交通的方法。同時,從首爾移動到其他城市時,我們會使用到地下鐵、火車或高鐵等交通工具,從廣播內容中,可以再一次練習到敬語的表現。

11 공항 안내 데스크 : 교통

機場旅客服務台：交通

교통 안내

關鍵單字 請先記住關鍵單字，可以更容易了解MP3播放的內容。

대중교통 名 大眾交通工具　　목적지 名 目的地

철도 名 鐵路　　　　　　　　방향 名 方向

매표소 名 售票處

聽聽看 請先聽一次MP3，並回答以下問題，確認聽懂了多少。　　MP3-11

問題 請回答以下問題，對的打〇，錯的打✕。

1. 인천공항에서 서울까지 갈 때, 세 가지 방법이 있습니다. （　）

2. 지하 2층으로 가면 '택시 타는 곳'이 있습니다. （　）

原文

　　인천공항에서 서울까지 가세요? 대중교통을 이용하실 경우, 공항 버스, 택시, 철도의 세 가지 방법이 있습니다. 버스를 타려면 1층 밖으로 나가서 매표소에서 목적지에 가는 버스표를 사고 기다리세요. 택시는 저기 '택시 타는 곳' 표시가 된 곳에서 목적지를 말하면 안내해 드립니다. 철도를 타려면 지하 2층 철도 표시 방향으로 가세요. 매표소에서 표를 사고 철도를 탈 수 있습니다.

翻譯

　　您要從仁川機場到首爾嗎？要使用大眾運輸工具的情形，有機場巴士、計程車、鐵路三種方法。要搭巴士的話，出去到1樓外面之後，請在售票處購買到目的地的車票後等候搭車。要搭計程車的話，在標示出「計程車招呼站」的那個地方，說出目的地，就會有人引導。要搭鐵路的話，請往地下2樓標示鐵路的方向去，在售票處買票後，就可以搭乘。

重點句型

★ **-ㄹ/을 경우：意思為「～的時候；～的狀況」。**

휴대 전화를 잃어버렸을 경우 유실물 센터로 가세요.

遺失手機的時候，請到遺失物中心去。

★ **-ㄹ/을 수 있다：意思為「可以～」。**

거기에서 휴대 전화를 빌릴 수 있습니다.

那裡可以租手機。

공항 리무진　機場巴士	일반열차　普通列車
모범 택시　模範計程車	운행 시간　運行時間
일반 택시　一般計程車	정상 운임　正常運費
직통열차　直達列車	할인 운임　折扣運費

부산으로 어떻게 가요?
要怎麼去釜山？

12 공항 안내 데스크 : 휴대 전화 로밍

機場旅客服務台：手機漫遊

 關鍵單字 請先記住關鍵單字，可以更容易了解MP3播放的內容。

휴대 전화 **名** 手機　　　　　무료 **名** 免費

로밍 (roaming) **名** 漫遊　　　대여 **名** 租

볼트 (volt) **名** 伏特　　　　반납 **名** 還

전원 **名** 電源　　　　　　　분실 **名** 遺失

플러그 (plug) **名** 插頭　　　차감 **名** 扣

聽聽看 請先聽一次MP3，並回答以下問題，確認聽懂了多少。　　MP3-12

問題 請回答以下問題，對的打○，錯的打×。

1. 휴대 전화 로밍은 무료입니다. (　　)

2. 전원 플러그를 빌렸지만 잃어버렸으면 500원을 더 내야 합니다. (　　)

휴대 전화 로밍을 도와 드릴까요? 여기에 손님의 여권과 휴대 전화 번호를 적어 주세요. 한국에서는 220 볼트 전원 플러그를 사용하고 있습니다. 혹시 없으시면 무료로 대여해 드립니다. 여행 후 돌아오시는 날 반납해 주세요. 하지만 분실하였을 경우 통신 요금에서 500원이 차감됩니다. 유의해 주세요.

翻譯

需要手機漫遊服務嗎？請在這裡寫下您的護照及手機號碼。韓國使用220伏特電源插頭，沒有的話，我們免費出租給您。請在旅行後回來當天交還。萬一有遺失的狀況，會在手機帳單中扣除（酌收）500韓圓。請留意。

重點
句型

★ **-고 있다：意思為「正在～」。表示正在進行。**

새로운 앱을 사용하기전 업데이트하고 있습니다.
使用新的APP前，正在更新。

★ **-ㄹ/을 경우：意思為「～的時候；～的狀況」。**

업데이트가 안 될 경우 전원을 껐다가 다시 켜세요.
如果遇到無法更新的狀況，請重新開機。

延伸學習

자동 로밍 自動漫遊

요금제 價格制

임대 로밍 租借漫遊

선불형 SIM카드 預付SIM卡

포켓 와이파이 (pocket Wi-Fi)
口袋無線上網

스마트폰 (smart phone)
智慧型手機

인터넷 접속 上網

업데이트 (update) 更新

이메일 수신 收電子郵件

로밍 요금 상한제
漫遊價格上限制

휴대 전화 로밍하고 싶은데,
어떻게 해요?
想要使用手機漫遊，
該怎麼做呢？

13 공항 안내 데스크 : 택시 탑승

機場旅客服務台：搭計程車

 請先記住關鍵單字，可以更容易了解MP3播放的內容。

번호표 名 號碼牌   미터기 名 計費器

직원 名 職員   통행료 名 通行費；收費

聽聽看 **請先聽一次MP3，並回答以下問題，確認聽懂了多少。**   MP3-13

問題 **請回答以下問題，對的打○，錯的打×。**

1. 택시를 타서 목적지에 도착하면 미터기 요금을 내면 됩니다. （　）

2. 공항에서 서울 강남까지 요금은 7만 원 정도입니다. （　）

原文

　　손님, 택시로 어디까지 가실 겁니까? 여기 택시 번호표가 있습니다. 이 직원이 손님을 '택시 타는 곳'까지 안내해 드립니다. 목적지에 도착하면 택시 안에 미터기 요금과 통행료를 내셔야 합니다. 보통 인천공항에서 서울 강남까지는 7만 원 정도입니다.

翻譯

　　客人，請問要搭計程車到哪裡？這裡有計程車號碼牌。這位職員會帶您到「計程車招呼站」。抵達到目的地時，須支付車上計費器上的費用及通行費。從仁川機場到首爾江南通常約7萬韓圓。

重點句型

★ **-고：意思為「而且～；並且～」。接續在動詞或形容詞之後，使前後文狀態並列。**

이 도시는 깨끗하고 사람들은 친절합니다.

這個城表示市很乾淨，而且人也善良。

★ **-아/어/여야 하다：意思為「得～；必須～」。**

내일은 꼭 일찍 일어나야 합니다.

明天必須要早起。

延伸學習

택시 요금　計程車費用	콜밴 (call van)　休旅車叫車服務
콜택시 (call taxi)　計程車叫車服務	렌터카 (rent a car)　租車
택시 예약　預約計程車	바가지 요금　過高收費；濫收費

14 공항 리무진 버스표 사기

機場巴士購票

 關鍵單字 請先記住關鍵單字，可以更容易了解MP3播放的內容。

요금 **名** 費用

좌석 번호 座位號碼

티머니 (T-money) **名** 交通卡

걸리다 **動** 花（時間）

聽聽看 請先聽一次MP3，並回答以下問題，確認聽懂了多少。 MP3-14

問題 請回答以下問題，對的打〇，錯的打✕。

1. 서울역까지의 요금은 6,000원입니다. （ ）

2. 6001번 버스는 4A 정류장에 2시에 도착합니다. （ ）

原文

　　손님, 공항 버스를 타고 서울역까지 가면 요금은 15,000원입니다. 매표소에서 표를 사거나 티머니를 이용할 수 있어요. 저기 4A 앞 버스 정류장에서 6001번을 타세요. 지금이 오후 2시 10분이고, 10분 후면 버스가 도착합니다. 좌석 번호에 앉아 주세요. 이 표로 지금 버스를 안 타도 오전 4시 50분부터 밤 8시까지의 모든 버스를 탈 수 있습니다. 공항에서 서울역까지는 약 1시간 30분이 걸립니다.

翻譯

　　客人，搭乘機場巴士到首爾站，費用為15,000韓圓。可以在售票處買票或使用T-money卡。請在4A那裡前面的公車站搭6001巴士。現在時間為下午2點10分，10分鐘後巴士會抵達。請對號入座。這張票即使現在不搭巴士，從上午4點50分至晚上8點為止，所有巴士都可以搭乘。從機場到首爾站要花約1個小時30分。

重點句型

★ -(으)면：意思為「如果～；～的話」。表示推測；假設。

내일 날씨가 좋으면 공원에 가서 산책 할까요?

明天天氣好的話，要到公園散步嗎？

★ -거나：意思為「～或～」。接續在動詞或形容詞之後。

점심 식사는 간단하게 빵을 먹거나 도넛을 먹읍시다.

午餐簡單地吃麵包或甜甜圈吧。

49

延伸學習

버스 시간표 巴士時刻表	시간 변경 時間變更
버스표 예매 巴士票預購	지정 좌석제 指定座位制
운행 정보 運行訊息	금액 金額
노선 路線	

서울역, 어른 편도로
두장 주세요.
請給我兩張到首爾站
的單程票。

50

15 리무진 버스 내 노선 안내 방송

機場巴士車內路線廣播

 關鍵單字 請先記住關鍵單字，可以更容易了解MP3播放的內容。

승객 名 乘客

리무진 버스 (limousine bus) 名
機場巴士

안전하다 形 安全

모시다 動 服務；侍奉

안전벨트 名 安全帶

벨 (bell) 名 鈴

聽聽看 請先聽一次MP3，並回答以下問題，確認聽懂了多少。　　MP3-15

問題 請回答以下問題，對的打〇，錯的打✕。

1. 버스를 타는 동안 안전벨트를 꼭 매야 합니다. (　)

2. 목적지에 도착할 때 벨을 누릅니다. (　)

51

　　승객 여러분 안녕하십니까. 오늘도 저희 공항 리무진 버스를 이용해 주셔서 대단히 감사합니다. 우리 버스는 인천공항을 출발하여 여러분의 목적지까지 안전하게 모시겠습니다. 버스에서는 안전벨트를 매 주시고 내리기 전에 미리 벨을 눌러 주세요.

　　各位乘客您好。非常感謝您今天也搭乘本機場巴士。本巴士從仁川機場出發，將會安全地送各位到目的地。在車上請繫上安全帶，下車前請提早按下車鈴。

★ **-게：接續在形容詞之後，再接動詞。表示狀態。**
오토바이가 빠르게 지나갑니다. 摩托車很快地過去。

★ **-겠：意思為「會～」。表示快到的未來。**
이번 주 내내 비가 오겠습니다. 本週會天天下雨。

★ **-기 전에：意思為「～之前」。**
여행을 가기 전에 가족 사진을 꼭 가방에 넣습니다.
去旅行前，一定要把全家福照片放進包包。

이용객　顧客　　　　　　　　다음 버스　下一班車

만석　客滿　　　　　　　　　탑승　搭乘

16 리무진 버스 도착 안내 방송

機場巴士抵達廣播

關鍵單字 請先記住關鍵單字，可以更容易了解MP3播放的內容。

편안하다 形 舒服 　　　　　　정차하다 動 停車

잊다 形 忘記 　　　　　　내리다 動 下車

확인하다 動 確認 　　　　　　누르다 動 按

聽聽看 請先聽一次MP3，並回答以下問題，確認聽懂了多少。　　MP3-16

問題 請回答以下問題，對的打○，錯的打×。

1. 논현에서 내릴 사람은 지금 벨을 누릅니다. （　）

2. 이 버스는 곧 서울 강남에 도착합니다. （　）

승객 여러분 편안한 여행 되셨습니까? 우리 버스는 인천공항을 출발하여 서울까지 안전하게 도착하였습니다. 내리실 때에는 잊으신 물건이 없는지 다시 한번 확인해 주시기 바랍니다. 이번 정차할 곳은 강남, 강남입니다. 내리실 손님은 미리 벨을 눌러 주시기 바랍니다. 다음 정차할 곳은 논현입니다.

翻譯

　　各位乘客度過了舒適的旅程嗎？本巴士從仁川機場出發安全抵達首爾了。下車時請再一次確認是否有遺忘的物品。本次停靠站為江南、江南。要下車的乘客請按下車鈴。下一個停靠站是論峴。

重點句型

★ -ㄴ/은：意思為「～的」。接續在形容詞後面，修飾後方的名詞，為現在式的表現。

좋은 소식이 있으면 빨리 알려 주세요.
如果有好的消息請盡快讓我知道。

★ -(으)시：表示對主語的尊敬。

손님, 무엇을 찾으십니까?
請問您找什麼？

★ -기 바라다：意思為「希望～」。

내일은 더 행복하기 바래요.
希望明天更幸福。

★ -ㄹ/을：意思為的「要～的」。接續在動詞或形容詞後面，修飾後方的名詞，為未來式的表現。

오늘 저녁에 먹을 음식은 불고기입니다.
今天晚餐要吃的菜是烤肉。

延伸學習

2층 버스　雙層巴士	앞좌석　前座
버스 손잡이　巴士把手	뒷좌석　後座
저상 버스　低底盤巴士	행선지　目的地
운전석　駕駛座	안내 시스템　導覽系統

저기요, 신사역에서
알려주세요.
到新沙站時請告訴我。

關鍵
單字 請先記住關鍵單字，可以更容易了解MP3播放的內容。

시내 **名** 市區　　　　　　　심야 **名** 深夜

곳곳 **名** 處處　　　　　　　교통 정보 **名** 交通訊息

운행 **名** 運行　　　　　　　노선도 **名** 路線圖

聽聽看 請先聽一次MP3，並回答以下問題，確認聽懂了多少。　　　MP3-17

問題 請回答以下問題，對的打〇，錯的打×。

1. 서울 버스의 노선은 모두 다섯 개입니다. （　　）

2. 심야 버스를 이용하려면 인터넷에서 미리 예약을 해야 합니다. （　　）

原文

　　승객 여러분 안녕하세요. 현재 서울 버스는 서울 시내 곳곳을 운행하고 있습니다. 간선버스, 지선버스, 순환버스, 광역버스, 마을버스의 다섯 종류로 나누어집니다. 새벽 시간인 오전 12시 이후에는 심야 '올빼미 버스'가 운행 중입니다. 이용을 원하시는 분은 서울시 교통정보과의 인터넷 노선도를 확인해 주시기 바랍니다.

翻譯

　　各位乘客您好。現在首爾公車在首爾市區各處運行中，分成幹線公車、支線公車、循環公車、廣域公車、社區公車五個種類。凌晨時段也就是上午12點以後則是由深夜「夜貓子公車」運行。想搭乘的乘客請確認首爾市交通情報課的網路路線。

重點句型

★ **-고 있다**：意思為「正在～」。表示正在進行。

친구들이 이야기하고 있습니다. 朋友們正在聊天。

★ **-(으)로 나누다**：意思為「分成～」。

한국은 남한과 북한으로 나누어졌습니다. 韓國分成南北韓。

★ **-아/어/여지다**：意思為「變～」。

수미는 요즘에 더 예뻐졌어요. 秀美最近變更漂亮。

延伸學習

간선버스　幹線公車	광역버스　廣域公車
지선버스　支線公車	마을버스　社區公車
순환버스　循環公車	올빼미 버스　夜貓子公車

★☆☆
18 지하철 환승 안내 방송
地下鐵轉乘廣播

🏷 **關鍵單字** 請先記住關鍵單字，可以更容易了解MP3播放的內容。

충무로 名 忠武路（站名）   조심하다 動 小心

열차 名 列車   방면 名 方向

승강장 名 月台

🎧 **聽聽看** 請先聽一次MP3，並回答以下問題，確認聽懂了多少。   MP3-18

❓ **問題** 請回答以下問題，對的打〇，錯的打✕。

1. 충무로 역에서 다른 열차로 갈아탈 수 있습니다. （   ）

2. 이번 역은 열차와 역 사이가 가깝지 않습니다. （   ）

58

原文

이번 역은 충무로, 충무로역입니다. 내리실 문은 오른쪽입니다. 이 역은 열차와 승강장 사이가 넓습니다. 타고 내리실 때 조심하시기 바랍니다. 상계나 당고개역 방면으로 가실 손님은 이번 역에서 열차를 갈아타시기 바랍니다.

翻譯

本站是忠武路、忠武路站，下車門為右側。本列車與月台之間距離較寬，上下車時請小心。往上溪或堂嶺站的乘客，請在本站換車。

重點句型

★ -ㄹ/을 때：意思為「～的時候」。

밥을 먹을 때 자주 텔레비전을 봅니다. 吃飯時常常看電視。

★ -ㄹ/을：意思為「要～的」。接續在動詞後面，修飾後方的名詞，表示要做的動作。

저녁에 먹을 음식은 비빔밥입니다. 晚餐要吃的料理是拌飯。

延伸學習

지하철 地下鐵	물품 보관함 置物櫃
환승 轉乘	유실물 센터 遺失物品中心
스크린 도어 (screen door) 安全門	안내 방송 站內廣播

 請先記住關鍵單字，可以更容易了解MP3播放的內容。

고속 열차 名 高速列車	화재 감지 장치 名 火災感應設備
승무원 名 乘務員	흡연 名 吸菸
정성 名 精心	비상 정차 緊急停車
금연 구역 名 禁菸區	

聽聽看 **請先聽一次MP3，並回答以下問題，確認聽懂了多少。** MP3-19

問題 **請回答以下問題，對的打〇，錯的打✕。**

1. 이 열차는 부산행 열차입니다. (　　)

2. 열차 화장실에서는 담배를 피울 수 있습니다. (　　)

原文

고객 여러분 안녕하십니까. 우리 열차는 부산역까지 가는 고속 열차입니다. 우리 승무원은 고객 여러분께서 편안히 여행하시도록 정성을 다하겠습니다.

부탁 말씀 드립니다. 열차 안 모든 곳은 금연 구역입니다. 우리 열차에는 화재 감지 장치가 설치되어 있어 화장실 등에서 흡연할 경우 비상정차하게 됩니다. 열차에서 흡연하지 않도록 적극 협조해 주시기 바랍니다. 고맙습니다.

翻譯

各位乘客您好。本列車為開往釜山的高速列車。全體乘務員會竭誠提供所有乘客舒適的旅程。

在此懇請各位乘客。列車內全面為禁煙區域，本列車安裝有火災感應設備，如有在洗手間等地抽菸的狀況時，列車會緊急停車。希望各位積極配合，請勿在列車內吸菸，謝謝。

重點句型

★ -도록：意思為「為了～」。
시험에 통과할 수 있도록 열심히 공부합시다.
為了能通過考試努力唸書吧。。

★ -ㄹ/을 경우：意思為「～的情況」。
슈퍼에 우유가 없을 경우 편의점으로 갈까요?
在超市沒有賣牛奶的狀況，要不要便利商店去看看呢？

★ -게 되다：意思為「成為～；變得～」。
요즘은 아이가 고기도 잘 먹게 되었습니다.
最近小孩變得連肉也很會吃。

延伸學習

고속 철도 高速鐵路

케이티엑스 KTX（韓國高鐵的簡稱）

개통 開通

지연 延誤

주행 行駛

자동 제어 自動控制

식당 칸은 어디에 있어요?
도시락도 팔아요?
餐廳車廂在哪裡呢？
有賣便當嗎？

20 | KTX 종착역 안내 방송

韓國高鐵終點站廣播

부산

關鍵單字 請先記住關鍵單字,可以更容易了解MP3播放的內容。

정차 名 停車　　　　　　　　하차하다 動 下車

종착역 名 終點站　　　　　　뵙다 動 <敬> 見

멈추다 動 停　　　　　　　　진심 名 真心

聽聽看 請先聽一次MP3,並回答以下問題,確認聽懂了多少。　　MP3-20

問題 請回答以下問題,對的打〇,錯的打×。

1. 이 열차의 모든 승객은 이번 역에서 내려야 합니다. (　)

2. 이번 역은 오른쪽에서 문이 열립니다. (　)

原文

　　손님 여러분 안전한 여행 되셨습니까? 이번 정차할 역은 이 열차의 종착역인 부산, 부산역입니다. 내리실 문은 오른쪽입니다. 내리실 때에는 잊으신 물건이 없는지 다시 한번 확인해 주시고, 열차가 완전히 멈춘 후에 안전하게 하차하시기 바랍니다. 오늘도 저희 고속철도를 이용해 주셔서 대단히 감사합니다. 다음에 또 뵙게 되기를 진심으로 바라겠습니다. 승객 여러분 안녕히 가십시오.

翻譯

　　各位乘客是否度過安全的旅程？本次停靠站為本列車終點站釜山、釜山站，下車門為右邊。下車時請再一次確認是否有遺忘的物品，請在列車完全停靠後再安全地下車。非常感謝您今天也搭乘我們的高鐵。希望下次再見。各位乘客再見！

重點句型

★ -ㄴ/는지：意思為「是否～」。

그 그룹의 새 앨범이 벌써 나왔는지 알아 봅시다.

來找找看那團體的新專輯是否有出來吧。

★ -ㄴ/은 후에：意思為「～之後」。

커피숍에서 커피를 마신 후에 공원으로 산책 갈까요?

在咖啡廳喝咖啡之後，要不要去公園散步？

延伸學習

출발역　起站

정차역　停站

종착역　終點站

현장 발권　現場購票

현장 예매　現場預購

승차일　乘車日

특실　貴賓車廂

일반실　一般車廂

입석　站立；站票

직통　直達

가방이 무거운데,
좀 도와 주세요.
包包很重，請幫我。

★ ★ ★ ★ ★ ★ ★ MEMO ★ ★ ★ ★ ★ ★ ★

★ ★ ★

PART III

숙박 · 관광

住宿 · 觀光

聽力要點

　　對學習韓文已經有一段時間的讀者來說，或許會想嘗試自己預定想住的飯店。韓國離臺灣很近，不少臺灣人有時候想出國走走時，會選擇去韓國。或許是想住在已經習慣的地方，也或許想更認識那裡的環境，那個時候，用韓文跟飯店服務人員溝通，也是一種很好練習韓文的方法，因此本單元準備了遇到問題時會使用到的韓文，以及對方回答時大概會使用到的韓文。除此之外，住宿的地方可能會有為旅客安排的特別活動，所以我們在本單元會練習住宿及觀光相關關鍵詞彙及文法，藉此也可以找到過去所不知道的節目或經驗。希望讀者可以在所有旅程中用韓文溝通，而去旅行時的確也是練習韓文最方便、最恰當的時間呢。

(關鍵單字) **請先記住關鍵單字，可以更容易了解MP3播放的內容。**

숙소 名 住宿   대행업체 名 代辦企業

역할 名 角色   묵다 動 住；住宿；逗留

자신 名 自己   후기 名 後記；心得

직접 名 親自；直接   평점 名 評分；評價

(聽聽看) **請先聽一次MP3，並回答以下問題，確認聽懂了多少。**   MP3-21

(問題) **請回答以下問題，對的打〇，錯的打×。**

1. 영어를 잘 하면 혼자 호텔을 예약할 수 있습니다. （　）

2. 호텔 예약 대행 업체는 대신 호텔을 예약해 줍니다. （　）

68

原文

　　여행에서 숙소는 아주 중요한 역할을 합니다. 예약할 때는 두 가지 방법이 있습니다. 영어에 자신이 있으면 호텔이나 호스텔 홈페이지에서 직접 예약을 합니다. 그렇지 않으면 예약 대행업체를 이용하면 편리합니다. 사이트마다 여러 나라 말을 사용할 수 있고 묵어본 사람들의 후기와 평점도 볼 수 있습니다.

翻譯

　　旅行時住宿扮演很重要的角色。預約時有兩種方法。如果對英文有信心，可以在飯店或青年旅館網站上直接預約。不然利用代辦企業也很方便。每個網站都可以使用各種國家的語言，也可以看到住過的人的心得及評分。

重點句型

★ -마다：意思為「每～」。

수요일마다 야근을 해야 합니다.

每個星期三得要加班。

★ -ㄹ/을 수 있다：意思為「可以～；會～」。

오늘은 요가 수업에 갈 수 있습니다.

今天可以去上瑜伽課。

여행 타입 旅遊類行

예산 預算

일박 이일 兩天一夜

일인실 單人房

전체 全體

인원 人數

욕실 浴室

싱글 침대 單人床

더블 침대 雙人床

트윈 침대 兩張單人床

반려동물 입실 가능 寵物可入住

전화로 호텔 예약하려면
어떻게 해요?
想用電話預定飯店
該怎麼做呢？

22 호텔 체크인

入住飯店

PART III

숙박 · 관광 住宿 · 觀光

 請先記住關鍵單字，可以更容易了解MP3播放的內容。

성함 名 姓名

본인 확인 名 本人確認

보증금 名 保證金

키 카드 (key card) 名 房卡

무선 인터넷 名 無線網路

사흘 名 三天

 請先聽一次MP3，並回答以下問題，確認聽懂了多少。　　MP3-22

問題 **請回答以下問題，對的打○，錯的打╳。**

1. 체크인 시 예약 번호, 여권, 신용카드가 필요합니다. （　）

2. 무선 인터넷의 비밀번호는 키 카드에 있습니다. （　）

原文

손님, 체크인 도와 드릴까요? 예약 번호나 손님 성함을 알려 주시겠습니까? 그리고 본인 확인을 위해서 여권을 보여 주시기 바랍니다. 보증금은 신용카드로 결제하시겠습니까?

네, 확인되었습니다. 여기 키 카드를 이용하셔서 엘리베이터를 타시고 13층 8호로 가십시오. 호텔에서 이용하실 수 있는 무선 인터넷 비밀번호가 룸 책상 위에 있습니다. 아침 식사는 일층 오른쪽 레스토랑에서 오전 6시 30분부터 10시 30분까지 하실 수 있습니다. 체크아웃 시간은 사흘 뒤 오전 11시까지입니다.

翻譯

客人，要辦理入住手續嗎？請告訴我預約號碼或您的姓名。還有為了確認本人，請出示護照。保證金要用信用卡結帳嗎？

好的，確認好了。請利用這張房卡搭乘電梯到13樓8號。飯店內可使用的無線網路密碼在房間內的桌子上。早餐在一樓右側餐廳中，從早上6點30分到10點30分可以用餐。退房時間為三天後的上午11點。

重點句型

★ **-(으)시：表示對主語的尊敬。**

아버지는 회사에 가시면서 신문을 사십니다.

父親去公司的路上買報紙。

★ **-을/를 위해서：意思為「為了～」。接續在名詞後面。**

좋은 시작을 위해서 회식할까요?

為了好的開始，一起聚餐如何？

★ -아/어/여서：表示動作進行的順序。

백화점에 가서 신발을 한 컬레 샀습니다.

去百貨公司買了一雙鞋。

延伸
學習

객실 요금　客房價格
부대 시설　附屬設施
수영장　游泳池
주차장　停車場

스파 (spa)　水療
어메너티 (amenity)　客房備品
피트니스 센터 (fitness center)
健身中心

체크인을 한 시간 먼저
할 수 있을까요?
可以提早一個小時
辦理入住手續嗎？

23 호텔 시설 안내
飯店設施介紹

 請先記住關鍵單字，可以更容易了解MP3播放的內容。

머무르다 動 停留　　　　　유료 名 收費

부대시설 名 附屬設施　　　꼭대기 名 頂端；最上面

무료 名 免費　　　　　　　숙박비 名 住宿費

聽聽看 請先聽一次MP3，並回答以下問題，確認聽懂了多少。　　MP3-23

問題 請回答以下問題，對的打○，錯的打×。

1. 호텔에서 식사를 할 경우 모두 유료입니다. （　）

2. 호텔 안에 있는 1층과 2층 시설은 모두 무료입니다. （　）

原文

　우리 호텔에서 머무르시는 동안 이용 가능하신 부대시설을 안내해 드리겠습니다. 이 호텔 2층에는 피트니스센터와 수영장, 그리고 스파 시설이 있고, 1층에 비즈니스 센터가 있는데 모두 무료로 이용하실 수 있습니다. 1층과 맨 꼭대기 층에는 일식, 중식, 한식당이 있으며 숙박비에 포함된 조식을 제외하고 모두 유료인 점 참고해 주시기 바랍니다.

翻譯

　為您介紹在本飯店住宿期間可以使用的飯店設施。本飯店2樓有健身房、游泳池及水療（SPA）設施；1樓有商務中心，都可以免費使用。1樓以及頂樓有日式、中式、韓式餐廳，除了包含在住宿費內的早餐外，其他都要收費，請參考。

重點句型

★ 동안：意思為「～期間」。

여행하는 동안 너무 잘 쉬었습니다.

旅行期間休息得很好。

★ -는데：為連結語尾，接續在動詞之後。表示單純的敘述或說明。

우리 집 건너편에 중식당이 있는데 정말 맛있습니다.

我家對面有中式餐廳，真的很好吃。

★ -(으)며：為連接語尾。表示並列。

내일은 비가 오며 바람이 불겠습니다.

明天會下雨颳風。

★ **-을/를 제외하고：表示「除了～之外」。**

우리 박물관은 어린이를 제외하고 모두 입장료를 내야 합니다.

我們博物館除了兒童之外，都要付入場費。

★ **-인 점：強調前述句子的內容。**

매주 수요일은 휴일인 점 꼭 기억하세요.

請一定要記住每個星期三是休息日（的這件事）。

延伸
學習

욕조 있는 욕실 有浴缸的浴室	객실내 무선 인터넷
실내 보관 금고 室內保險箱	客房內無線網路
헤어 드라이어 (hair drier)	위성 TV 有線電視（第四台）
吹風機	이불 棉被
화장대 化妝台	담요 毛毯

24 길 묻기

問路

마트

關鍵單字 請先記住關鍵單字，可以更容易了解MP3播放的內容。

주변 **名** 附近　　　　　　　컵라면 **名** 杯麵

거리 **名** 路；街頭　　　　　약도 **名** 示意圖；略圖（簡略的地圖）

聽聽看 請先聽一次MP3，並回答以下問題，確認聽懂了多少。　　MP3-24

問題 請回答以下問題，對的打〇，錯的打✕。

1. 이 사람은 여행하는 동안 먹을 것을 사고 싶습니다. （　）

2. 이 사람은 근처 슈퍼마켓을 찾고 있습니다. （　）

호텔 주변에 슈퍼마켓이 있어요? 여행책에 보면 이 호텔에서 5분 거리에 큰 슈퍼마켓이 두 개 있다고 하는데 찾을 수가 없어요. 저는 한국 라면하고 과자를 여러 종류 사 가고 싶어요. 그리고 슈퍼마켓에서 파는 음료수와 컵라면, 김치를 미리 사서 여행하는 동안 먹고 싶은데 이 근처에서 살 수 있을까요? 약도를 그려 주시면 좋겠어요.

翻譯

飯店附近有超市嗎？看旅遊書上，離這間飯店5分鐘距離有兩家超市，不過找不到。我想買各種韓國泡麵和零食帶回去。還有想先買超市裡賣的飲料及杯麵、泡菜，在旅行期間吃，這附近能夠買到嗎？如果畫簡略的地圖給我會更好。

重點句型

★ -ㄴ/는 다고 하다：接續在名詞後面，表示句子內容為引用。
내일은 비가 온다고 합니다. 聽說明天會下雨。

★ -고 싶다：意思為「想要～」。
눈이 오면 눈사람을 만들고 싶습니다. 如果下雪，想要做雪人。

★ -(으)면 좋겠다：意思為「希望～；～會更好」。
매일 매일 이 음악을 들으면 좋겠습니다. 希望天天聽這首音樂。

延伸學習

접근성	（地理位置上）接近性；容易到達	건너편	過馬路；對面
단체 관광객	團體旅客	사거리	十字路口
당일	當天	번화가	鬧區

25 숙소 주변 관광지 안내

住宿周邊觀光景點介紹

 關鍵單字 請先記住關鍵單字，可以更容易了解MP3播放的內容。

가득하다 形 充滿	입구 名 入口
역사 名 歷史	산책로 名 散步路線
정문 名 正門	골목 名 巷子
정면 名 正面	각종 名 各種

聽聽看 請先聽一次MP3，並回答以下問題，確認聽懂了多少。　MP3-25

問題 請回答以下問題，對的打○，錯的打×。

1. 고궁에 가려면 호텔 뒷문으로 나갑니다. （　）

2. 호텔 근처 음식점에 가고 싶으면 길을 건너갑니다. （　）

79

우리 숙소 근처에는 가 볼 만한 여행지가 가득합니다. 먼저 한국의 역사를 이해하려면 고궁과 박물관에 가 보세요. 호텔 정문으로 나가서 100미터쯤 가서 오른쪽으로 돌면 정면으로 고궁 입구가 보일 겁니다. 아침 저녁으로 산책을 할 수 있는 산책로는 뒷문으로 나가시면 오른쪽에 있습니다. 그리고 호텔 건너편에 보이는 골목으로 들어가시면 각종 맛있는 음식을 파는 식당이 많이 있으니까 한번 가 보세요.

翻譯

我們住處附近四處都是值得一去的觀光景點。首先，要了解韓國歷史的話，請去故宮以及博物館看看。飯店正門出去之後，走約100公尺，再右轉，從正面就可以看到故宮入口。早晚可以散步的散步路線就在飯店後門出去的右手邊。如果進去飯店對面的巷子，有很多販賣各種好吃料理的餐廳，請去看看。

重點句型

★ -ㄹ/을 만하다：意思為「值得～」。

이 요리는 한국 여행 중 꼭 먹어 볼 만합니다.

這道菜在韓國旅行中值得吃。

★ -ㄹ/을 것이다：意思為「會～」。表示對事情的推測。

우리 엄마도 이 옷을 좋아할 것입니다.

我媽也會喜歡這件衣服。

★ -(으)니까：意思為「因為～」。表示事物的理由。

우리 모두 이 가수를 좋아하니까 콘서트에 같이 갑시다.

因為我們都喜歡這位歌手，一起去演唱會吧。

延伸學習

복불복　運氣；有沒有福氣

중심가　市中心

소음　噪音

방음　隔音

우여곡절（迂餘曲折）　曲折

신뢰　信賴

무사하다　平安無事

부지기수（不知其數）　不計其數

치킨과 맥주를 방으로
배달하고 싶어요!
想外送炸雞和啤酒到房間。

PART III

숙박 · 관광　住宿 · 觀光

관광지까지 교통 안내

到觀光景點之交通介紹

請先記住關鍵單字，可以更容易了解MP3播放的內容。

바로 副 就
버스 안내 방송 公車到站廣播

정거장 名 車站
똑바로 副 直直地

 請先聽一次MP3，並回答以下問題，確認聽懂了多少。　　MP3-26

問題 **請回答以下問題，對的打○，錯的打×。**

1. 여기에서 경복궁에 갈 때 걸어서 갈 수 있습니다. （　）

2. 버스를 타고 경복궁에 가면 네 번째 정류장에서 내립니다. （　）

原文

　　여기에서 경복궁을 가시려면 길 건너 편의점 앞 버스정류장에서 500번 버스를 타세요. 네 정거장 후에 내리시면 바로 경복궁이 보입니다. 버스에서 안내 방송도 해 줘요. 하지만 주변을 구경하시면서 걸어가시는 것도 좋은 방법입니다. 여기에서 똑바로 쭉 가셔서 길을 건너 가세요. 그리고 거기에서 왼쪽으로 걸어가시다가 한국은행 앞에서 오른쪽으로 돌면 경복궁이 보입니다. 걸어서는 15분에서 20분 정도 걸릴 거에요.

翻譯

　　要從這裡到景福宮的話，請過馬路在便利商店前的公車站搭乘500號公車。四個站後下車就會看到景福宮。公車上也會廣播。但是要一邊參觀周邊，走路去也是好方法。請從這裡往前一直走，然後過馬路。還有在那裡要靠左邊走，途中在韓國銀行前面右轉，就可以看到景福宮。用走的大約要15至20分鐘。

重點句型

★ **-(으)려면**：意思為「要～的話」。表示條件。

책을 빌리려면 학생증을 보여 주세요.

如果要借書，請給我看學生證。

★ **-(으)면서**：意思為「同時～；邊～邊～」。
　　　　　　　表示兼有或動作同時進行。

전화를 받으면서 운전하면 위험합니다.

接電話同時開車很危險。

★ **-다가**：表示某種狀態或動作轉為另一種狀態或動作。

자다가 전화를 받았습니다.

睡到一半接了電話。

延伸學習

걸어가다（＝걸어서 가다） 走路去

건너가다 過馬路

쭉 一直

신호등 紅綠燈

건널목 交叉口

돌다 轉彎

기사 아저씨,
이 버스 경복궁에 가요?
司機大叔，
這輛公車有到景福宮嗎？

27 환전 안내
換錢

 請先記住關鍵單字，可以更容易了解MP3播放的內容。

환율 名 匯率　　　　　　　우대 名 優待

달러 名 美金　　　　　　　혜택 名 優惠

특별히 副 特別　　　　　　신용카드 名 信用卡

 請先聽一次MP3，並回答以下問題，確認聽懂了多少。　　MP3-27

問題 請回答以下問題，對的打〇，錯的打✕。

1. 환율이 좋지 않을 때 신용카드를 이용하는 사람이 많습니다. （　）

2. 오늘 환율이 안 좋아서 먼저 달러로 바꾸면 좋습니다. （　）

대만돈을 한국돈으로 바꾸려고 하세요? 여기 오늘 환율이 나와 있습니다. 요즘은 환율이 좋지 않아서 달러로 먼저 바꾼 후에 다시 한국돈으로 바꾸는 경우가 많습니다. 대신 수수료가 조금 높아져요. 오늘은 특별히 환전을 많이 하는 고객에게 환율 우대 혜택을 드리고 있습니다. 참고하세요. 요즘처럼 환율이 좋지 않아서 환전을 많이 하지 않을 경우, 신용카드를 이용하는 방법도 있습니다.

　　要把臺幣兌換成韓幣嗎？這裡是今天的匯率。因為最近匯率不太好，所以先兌換成美金後，再兌換成韓幣的情況較多。只是手續費會有點高。今天對兌換較多錢的顧客特別提供優惠匯率，請參考。像是最近因為匯率不好而錢換得不多的情況時，也可以使用信用卡。

★ -아/어/여 있다：表示對狀態的敘述。

학생들이 모두 자리에 앉아 있습니다.

學生都坐在位子上。

★ -ㄴ/은 후에：接續在動詞後面，意思為「～之後」。

식사를 한 후에 차를 마시겠습니다.

用餐之後喝茶。

★ -처럼：意思為「像～一樣」。

한국인처럼 한국말을 잘 하는 저 사람은 누구입니까?

像韓國人一樣很會說韓文的那個人是誰？

延伸學習

문의하다　提問　　　　　　적용 받다　運用

꿀팁　絕對祕訣　　　　　　현찰　現金

유의사항　注意事項　　　　여행자 수표　旅行支票

이 대만돈을 한국돈으로
바꿔 주세요.

請幫我把這些臺幣
換成韓幣。

28 신용 카드 사용 안내

信用卡使用説明

關鍵
單字 **請先記住關鍵單字，可以更容易了解MP3播放的內容。**

소지하다 動 携帶　　　　　　절감하다 動 節省

발생하다 動 發生　　　　　　서비스 名 服務

결재하다 動 結帳

聽聽看 **請先聽一次MP3，並回答以下問題，確認聽懂了多少。**　　MP3-28

問題 **請回答以下問題，對的打〇，錯的打✕。**

1. 해외에서 신용카드를 사용할 때 수수료를 고려해야 합니다. (　)

2. 이 신용카드는 해외 여행 시 사용할 수 있고 다른 서비스도 있습니다.
   (　)

88

原文

　안녕하세요. 고객께서 소지하고 계신 신용카드는 해외에서도 사용하실 수 있습니다. 해외에서 신용카드를 이용하시면 금액에 따라 수수료가 발생합니다. 수수료 비율은 신용카드 회사마다 다르기 때문에 해외에서 자주 신용카드를 사용하시려면 꼭 미리 확인을 해 주세요. 그리고 해외에서는 현지 돈으로 결제하시면 수수료를 좀더 절감하실 수 있습니다. 또 이 카드에서 제공하는 해외 여행시 공항까지가는 택시 서비스를 이용해 보세요.

翻譯

　您好，顧客所持有的信用卡在國外也可以使用。若在國外使用信用卡，會依據金額產生手續費。因為每間信用卡公司的手續費比例不同，如果經常要在國外使用信用卡，請務必事先確認。還有在國外使用當地幣值結帳時，可以更節省手續費。另外，請多加利用本信用卡所提供的國外旅行時機場送機的計程車服務。

重點句型

★ -에 따라 : 意思為「依據～」。

연말에 포인트에 따라 선물을 받을 수 있습니다.

年底時，依據點數，可以換取禮物。

★ -아/어/여 보세요 : 意思為「試試看～」。

이 신용카드를 일년에 여덟 번만 써 보세요.

這張信用卡一年只要用八次，請試用看看。

延伸學習

카드 발급 조건　申辦信用卡條件

카드 발급 절차　申辦信用卡程序

신규 회원　新加入會員

연회비　年費

캐쉬백 (cash back)　現金回饋

일시불　一次付清

무이자 할부　零利率分期

이 신용카드로 할인
받을 수 있어요?
這張信用卡有折扣嗎？

29 호텔 내 일일관광 일정 소개

飯店內一日觀光行程介紹

關鍵單字 請先記住關鍵單字，可以更容易了解MP3播放的內容。

투숙객 **名** 旅客	가이드 (guide) **名** 導遊
서비스 (service) **名** 服務	전용 **名** 專用
산책로 **名** 散步路線	정문 **名** 正門
전문 **名** 專門	도착하다 **動** 抵達

聽聽看 請先聽一次MP3，並回答以下問題，確認聽懂了多少。　　MP3-29

問題 請回答以下問題，對的打〇，錯的打×。

1. 이 호텔의 여행 서비스는 8명 이상이면 가능합니다. （ 　 ）

2. 호텔 주변 관광지 여행 서비스는 두 시간 정도 걸립니다. （ 　 ）

우리 호텔에는 투숙객과 함께 주변 관광지를 여행하는 특별한 서비스가 있습니다. 매주 월요일과 수요일 오전에는 산책로 걷기, 화요일과 목요일 오전에는 등산 활동이 있습니다. 여행 전문 가이드와 같이 호텔 전용 버스를 타고 여행하게 됩니다. 당일 아침 8시에 정문에서 출발하여 오전 11시쯤 호텔에 도착합니다. 투숙객 여러분의 많은 관심 바랍니다.

本飯店有與旅客一起在周邊觀光景點旅行的特別服務。每個星期一和三上午有散步路線慢走活動；星期二和星期四上午有登山活動。與旅行專門導遊一起搭乘飯店專用巴士旅遊。當天上午8點從飯店正門出發，上午11點再回到飯店。希望各位旅客能多加利用。

★ -게 되다：意思為「變得～」。

오전 여행을 마친 후 방에서 쉬게 됩니다.

上午旅行結束後，可以（變得）在房間裡休息。

★ -아/어/여서：表示在結束事情之後，接著做其他事情。

점심을 다 먹어서 친구를 만나러 나갔습니다.

吃完飯，再出去見朋友。

캠핑 (camping) 露營　　　　　레저 활동 (leisure) 休閒活動

트레킹 (trekking) 徒步　　　　체험 體驗

캠프 (camp) 露營　　　　　　쇼 (show) 表演

여기는 예전에 뭐 하던
곳이에요?
這裡以前是做什麼
的地方呢？

30 일일관광 일정 소개

一日觀光行程介紹

關鍵單字 請先記住關鍵單字，可以更容易了解MP3播放的內容。

진행하다 **動** 進行　　　　　탑승하다 **動** 搭乘

참여하다 **動** 參與　　　　　준수하다 **動** 遵守

조식 **名** 早餐　　　　　　　해설 **名** 說明

聽聽看 請先聽一次MP3，並回答以下問題，確認聽懂了多少。　　MP3-30

問題 請回答以下問題，對的打○，錯的打×。

1. 오전 8시 25분쯤에 목적지에 도착합니다. （　）

2. 한 시간 정도 개인 산책을 하고 호텔로 돌아옵니다. （　）

原文

　　우리 호텔에서 진행하는 관광지 산책 프로그램에 참여하시는 여러분께 진심으로 감사 드립니다. 투숙객 여러분은 조식 후 7시 50분까지 호텔 정문에서 버스에 탑승해 주세요. 8시 정각에 출발하기 때문에 시간을 준수해 주시고, 호텔 출발 25분 후에 유명한 산책로에 도착합니다. 호텔 전문 가이드의 해설과 함께 한 시간 정도 산책을 마치고 10시 반에 다시 버스를 타고 호텔로 돌아옵니다.

翻譯

　　非常感謝各位參加本飯店所進行的觀光景點散步活動。請各位旅客吃完早餐後，7點50分在正門搭乘巴士。因為在8點整會準時出發，請遵守時間，從飯店出發約25分鐘後可以抵達有名的散步道路。各位可以一邊聽飯店專門導遊的說明、一邊散步約一個小時，散步結束後，10點半再搭巴士回到飯店。

重點句型

★ -기 때문에：意思為「因為～」。接續在動詞或形容詞後面，表示原因。

3세 이하 어린이는 위험하기 때문에 입장할 수 없습니다.
因為3歲以下兒童很危險，無法入場。

★ -(으)로：意思為「以～來；往～」。

고마운 마음을 선물로 대신했습니다.
以禮物來代替感謝的心。

퇴근 후에 바로 집으로 돌아갑니다.
下班後直接往家裡去。

延伸學習

여행 일정　旅遊行程	렌터카 (rent a car)　租車
여행 스케줄　旅遊行程	국제면허증　國際駕照
일일관광　一日觀光	관광 코스　觀光路線

가이드님,
이 근처에 화장실 있어요?
導遊，這附近有廁所嗎？

★ ★ ★

PART IV

음식 · 구매

餐飲 · 購物

———————

聽力要點

　　本單元主要是練習在韓國用餐及購物時可能會聽到的內容。針對餐廳的部分,可能會有預約、聽取用餐說明、點菜、提出特殊需求以及結帳等情況。而餐廳以外,像是去咖啡廳時,會遇到點餐、參加促銷活動等情況。相信聽懂了這些,一定會有許多好處。除此之外,去百貨公司、超市、看公演、買化妝品時,也會聽到相關的說明或注意事項等。只要學會了這些韓國人習慣性的用語,到了韓國,就不用擔心聽不懂對方說什麼了。請想像真的去韓國時可能遇到的狀況,同時聽聽看韓國人會怎麼說。

31 식당 예약

預約餐廳

請先記住關鍵單字，可以更容易了解MP3播放的內容。

예약 名 預約   조용하다 形 安靜

어른 名 大人   창가 名 窗邊

어린이 名 兒童   예약명 名 預約名字

전용 名 專用

聽聽看 請先聽一次MP3，並回答以下問題，確認聽懂了多少。   MP3-31

問題 請回答以下問題，對的打○，錯的打╳。

1. 예약 인원은 모두 세 명입니다. （ ）

2. 김수미 씨는 수요일 저녁에 식당을 예약하려고 합니다. （ ）

原文

　　안녕하세요. 예약하려고 하는데요. 시간은 수요일 저녁 6시 30분이고요. 어른 셋에 세 살 어린이 한 명입니다. 어린이 전용 의자가 필요하고 자리는 조용한 창가 자리로 부탁합니다. 예약명은 김수미이고 전화번호는 010-712-0563입니다.

翻譯

　　您好，我要預約。時間是星期三晚上6點30分，大人三個，三歲小孩一個。需要兒童專用椅子，請安排安靜的窗邊座位。預約名為金秀美，電話號碼是010-712-0563。

重點句型

★ **-(으)려고 하다：意思為「打算～」。**

　　내년에 대만으로 여행가려고 합니다. 打算明年去臺灣旅行。

★ **-ㄴ/는데요：接續在動詞後面，表示單純敘述。**

　　지금 빈 자리가 없는데요. 現在沒有空位。

★ **-(으)로：意思為「往～」。表示方向**

　　식사 후에 명동으로 가려고 합니다. 用餐後打算往明洞方向去。

延伸學習

맛집　美食店；好吃的餐廳	인원　人數
전문점　專賣店；專門店	모집　招募；募集
푸짐하다　豐盛	본점　本店；總店
골고루　均勻	지점　分店

32 무한 리필 식당 이용 안내

吃到飽餐廳介紹

關鍵單字 請先記住關鍵單字，可以更容易了解MP3播放的內容。

무한리필　無限供應；吃到飽　　돌다 **動** 轉

원하다 **動** 願意　　　　　　나오다 **動** 出來

양 **名** 分量　　　　　　　제한 **名** 限制

聽聽看 請先聽一次MP3，並回答以下問題，確認聽懂了多少。　　MP3-32

問題 請回答以下問題，對的打○，錯的打×。

1. 이 식당은 여러 나라 음식 중 한 가지를 골라서 주문합니다. （　）

2. 이 식당은 2시간 동안 식사를 할 수 있습니다. （　）

原文

　　손님, 저희는 무한리필 레스토랑이기 때문에 손님이 원하는 양 만큼 드실 수 있습니다. 오른쪽부터 중국식, 일본식, 베트남식 요리가 준비되어 있고, 안쪽에는 미국식, 스페인식 요리가 있고 쭉 돌아서 나오시면 디저트까지 즐기실 수 있습니다. 식사 시간 제한은 없으니까 즐거운 식사 시간 되세요.

翻譯

　　客人，因為我們是無限供應（吃到飽）餐廳，所以客人想吃的分量都可以吃。從右邊開始預備了中式、日式、越南式料理，再往裡面有美式、西班牙式料理，順著路轉出來可以享用點心。因為沒有限制用餐時間，祝您有個愉快的用餐時間。

重點句型

★ -이기 때문에：意思為「～關係；因為～」。接續在名詞之後，表示原因、理由。後面不接命令、建議、提議等相關句型。

오늘은 휴일이기 때문에 회사에 사람이 없습니다.
今天是假日的關係，公司沒有人。

★ -아/어/여 있다：意思為「有～；備著～」。

책상위에 새 노트가 준비되어 있습니다.
書桌上預備有新的筆記本。

★ -(으)니까：意思為「因為～」。接續在動詞或形容詞之後，表示原因、理由。

내일 시험이 있으니까 같이 도서관에 갑시다.
因為明天有考試，一起去圖書館吧。

延伸學習

멤버십 포인트 會員點數

기념일 서비스 紀念日優惠

미성년자 未成年者

신분증 身分證

포인트 적립 累積點數

실명인증 實名認證

음식을 남기면 안되니까
먹을 만큼만 담아 주세요.
不能浪費食物，
請吃多少裝多少。

33 음식 주문
點菜

 關鍵 單字 請先記住關鍵單字，可以更容易了解MP3播放的內容。

주문하다 **動** 點菜　　　　　　　　　　부족하다 **形** 不夠

닭갈비 **名** 辣炒雞排

 聽聽看 請先聽一次MP3，並回答以下問題，確認聽懂了多少。　　MP3-33

 問題 請回答以下問題，對的打○，錯的打×。

1. 외국인 세 명이 닭갈비를 먹으려고 합니다. （　）

2. 주문한 음식이 부족해서 더 주문하려고 합니다. （　）

여기, 주문할게요. 닭갈비 3인분에 떡 하나하고 라면 두 개를 넣어 주세요. 어른이 세 명인데 이 정도면 될까요? 모두 외국인이라서 너무 매운 음식을 못 먹어요. 맵지 않게 해 주세요. 먹어 보고 부족하면 더 주문할게요.

翻譯

我們要點菜。要3人份的辣炒雞排，請幫我加一份年糕和兩份泡麵。三個大人，這樣夠吃嗎？全部都是外國人，所以無法吃太辣的菜。請幫忙別做太辣。如果吃不夠，會再加點。

重點句型

★ -ㄹ/을게요：意思為「會～」。表示意志。

내일부터는 밥을 일찍 먹을게요. 從明天起會早點吃飯。

★ -아/어/여 보다：意思為「試試看～；試～看看」。

이 옷이 맞는지 입어 보세요. 請試穿看看這件衣服的大小是否合適。

★ -(으)면 되다：意思為「（做）～就可以」。

3시 이후에 다시 오면 됩니다. 3點後再來就可以。

延伸學習

시키다 點菜	실온 보관 常溫保存
배달 外送	냉동 보관 冷凍保存
택배 宅配	조리방법 調理方法
진공 포장 真空包裝	추가 追加；增加

34 음식에 대한 요구사항

用餐中的要求

 請先記住關鍵單字，可以更容易了解MP3播放的內容。

메뉴 名 菜單　　　　　　　　채식주의자 名 素食者

추천하다 動 推薦

 請先聽一次MP3，並回答以下問題，確認聽懂了多少。　　MP3-34

 請回答以下問題，對的打〇，錯的打✕。

1. 이 식당 음식은 모두 매운 음식입니다. （　）

2. 손님은 주문한 음식 양이 적어서 더 주문하려고 합니다. （　）

음식 · 구매　餐飲 · 購物　PART IV

저기요, 이 음식이 너무 매워서 먹을 수 없어요. 안 맵게 다시 해 주시겠어요? 그리고 주문한 음식 양이 조금 부족한 것 같아요. 다른 메뉴 중에서 안 매운 음식을 추천해 주세요. 메뉴 중에 채식주의자가 시킬 수 있는 음식이 있나요?

翻譯

先生，因為這道菜太辣沒辦法吃，可以幫我們再做不辣的嗎？還有點的菜量感覺有一點不夠，請推薦菜單中其他不辣的菜。請問菜單中有吃素的人可以點的菜嗎？

重點
句型

★ **-겠：意思為「會～」。表示未來的事或推測。**

집에 가는 길에 사겠습니다. 回家的路上會買。

★ **-ㄴ/은 것 같다：意思為「覺得～；好像～」。表示推測。**

새 친구는 얼굴이 정말 예쁜 것 같아요. 覺得新朋友的臉真的很漂亮。

★ **-나요？：疑問句的語尾（口語）表現，可代替「아 / 어요」。**

우리 반 학생들은 지금 뭐 하나요? 我們班上的同學們現在在做什麼呢？

延伸
學習

요구	要求	셀프 서비스	自助服務
종업원	店員	반찬	小菜
배달원	外送員	불만	不滿

35 계산 하기

結帳

 關鍵單字 請先記住關鍵單字，可以更容易了解MP3播放的內容。

아까 副 剛才   할인 쿠폰 名 折價券

서비스 名 （免費）贈送

聽聽看 請先聽一次MP3，並回答以下問題，確認聽懂了多少。   MP3-35

問題 請回答以下問題，對的打〇，錯的打×。

1. 손님은 식사 후에 돈을 내고 있습니다. （ ）

2. 다음에 다시 이 식당에 오면 식사 할인 쿠폰을 사용할 수 있습니다. （ ）

식사 맛있게 하셨어요? 비빔밥, 김치 찌개, 설렁탕까지 모두 이만 천원입니다. 아까 음식이 너무 맵다고 해서 정말 죄송했습니다. 음료수는 저희 가게에서 서비스로 드릴게요. 여기 다음에 오면 쓸 수 있는 식사 할인 쿠폰이 두 장 있습니다. 다음에 또 오세요.

翻譯

餐點都還可以嗎？拌飯、泡菜鍋、雪濃湯，一共兩萬一千韓圓。剛才您說菜太辣，真的很抱歉。飲料由本店招待。這裡有兩張用餐折價券。歡迎下次再度光臨。

重點句型

★ -다고 하다：意思為「聽說～」。表示引用的內容。

우리 집 뒤 레스토랑은 정말 사람이 많다고 합니다.

我家後面的餐廳，聽說人很多。

★ -(으)면：意思為「如果～；～的話」。表示推測、假設。

반찬이 더 필요하면 말씀하세요.

如果還需要小菜，請告訴我。

延伸學習

계산 結帳	신용카드 가맹점 信用卡加盟店
영수증 收據	현금 결제 付現金
세금 계산서 有統一編號的發票	포장 外帶

★☆☆ 36 커피숍 프로모션
咖啡廳活動

關鍵單字 請先記住關鍵單字，可以更容易了解MP3播放的內容。

프로모션 (promotion) 名 促銷	수량 名 數量
포함하다 動 包含	한정 名 限定
도장 名 印章	증정 名 贈送
다이어리 名 個人行事曆	종료 名 結束；終了

聽聽看 請先聽一次MP3，並回答以下問題，確認聽懂了多少。　　MP3-36

問題 請回答以下問題，對的打〇，錯的打╳。

1. 다이어리 증정 이벤트는 내년에 시작합니다. （　）

2. 다이어리를 받으려면 새로 나온 음료 2잔과 다른 음료 5잔을 마셔야
   합니다. （　）

PART IV 음식 · 구매 餐飲 · 購物

손님, 지금 저희 커피숍에서는 프로모션을 진행하고 있습니다. 이번 달에 새로 나온 음료수 2잔을 포함해서 모두 7잔을 마시고 여기에 도장을 받으세요. 그러면 내년에 사용할 수 있는 다이어리를 증정해 드려요. 수량이 한정되어 있고 증정이 끝나면 프로모션도 종료되니까 유의해 주세요.

翻譯

客人，現在我們咖啡廳正在進行促銷活動。包含本月新推出的飲料2杯，共喝7杯飲料，就可以在這裡蓋章。這樣的話就會贈送一本明年可以使用的個人行事曆。數量很有限，贈送完畢，本活動也會結束，請留意。

重點
句型

★ -고 있다：意思為「正在～」。

지금 영화보고 있으니까 전화 못 받아요.

現在正在看電影，無法接電話。

★ -ㄴ/은＋N：接續在動詞後面，修飾後方的名詞。
表示動作為過去發生的事。

어제 먹은 음식이 김치입니다.

昨天吃的菜就是泡菜。

★ -(으)니까：意思為「因為～」。表示原因、理由。

오늘은 비가 오니까 밖에 안 나가는게 좋겠어요.

因為在下雨，別出門比較好。

延伸
學習

매장 賣場

이벤트 活動

제휴 合作

지점 分店

가맹점 加盟店

출시 上市

도장을 다 받아서 다이어리로
교환하고 싶은데요.
集完章所以想
換個人行事曆。

37 | 공연 예약
預約表演

MP3-37

 關鍵單字 請先記住關鍵單字，可以更容易了解MP3播放的內容。

공연 **名** 表演；公演　　　　좌석 지정 **名** 指定座位

메인 화면 **名** 首頁　　　　결제 **名** 結帳

페이지 **名** 頁面　　　　부과되다 **動** 收繳

聽聽看 請先聽一次MP3，並回答以下問題，確認聽懂了多少。　　MP3-37

 問題 請回答以下問題，對的打○，錯的打×。

1. 회원만 이 콘서트의 티켓을 살 수 있습니다. （　）

2. 이 콘서트표를 인터넷으로 살 때, 두 장을 사면 2만원을 냅니다. （　）

原文

공연을 예약하려면 먼저 인터넷 홈페이지로 가세요. 거기서 회원 가입을 하고 메인 화면 오른쪽에 '행복 콘서트' 표시를 눌러 주세요. 그러면 공연 예매 페이지가 나옵니다. 먼저 공연 정보를 확인하고 예 매하기를 눌러서 좌석 지정 후에 결제를 하면 됩니다. 1인당 공연 비 용은 만원이고, 예매 수수료도 10% 부과됩니다.

翻譯

如果想要預約表演，請先到網頁。在那裡加入會員後，再按下 首頁右側的「幸福演唱會」標示。這樣的話就會出現表演預購頁 面。先確認表演訊息，按下預購，再指定座位後結帳即可。每1個人 票價為一萬韓圓，會額外收取10%的預購手續費。

重點句型

★ -(으)려면：意思為「要～的話」。

냉면을 먹으려면 먼저 삶은 계란을 먹습니다.

要吃冷麵的話，水煮蛋要先吃。

★ -(으)면 되다：意思為「～就可以；即可」。

다음부터는 전화로 예약하시면 됩니다.

下次用電話預約就可以了。

뮤지컬 音樂劇

연극 話劇

체험 전시 體驗展示（可觸摸展示品，或利用展示品做活動）

판매중 販賣中

매진 售完

카드 할인 信用卡折扣

공연 예약 후에 어떻게
비용을 내요?
預約表演後該怎麼付費呢？

38 공연 관람 시 주의 사항

看表演時注意事項

關鍵單字 請先記住關鍵單字，可以更容易了解MP3播放的內容。

적어도 副 至少

티켓 (ticket) 名 票

로비 (lobby) 名 大廳

확인하다 動 確認

입장하다 動 入場

진동 名 震動

전환하다 動 轉換

촬영 名 攝影；拍照

聽聽看 請先聽一次MP3，並回答以下問題，確認聽懂了多少。　　MP3-38

問題 請回答以下問題，對的打○，錯的打✕。

1. 미리 콘서트장에 가서 표를 받아야 합니다. (　)

2. 콘서트장에서 사진을 찍으면 안됩니다. (　)

이 콘서트는 저녁 7시에 시작합니다. 적어도 공연 30분 전에 콘서트장에 도착해 주세요. 표는 콘서트장 1층 로비에서 이름과 전화번호를 확인하고 받을 수 있습니다. 공연 10분전까지 입장하셔야 하며 휴대 전화는 꼭 진동으로 전환해 주세요. 공연 중에는 사진촬영을 할 수 없습니다.

翻譯

這場演唱會晚上7點開始，請至少在表演開始30分鐘前抵達演唱會場。在演唱會場1樓大廳確認姓名和電話號碼，就可以拿到票。請務必在表演開始10分鐘前入場，並請將手機轉換成震動。表演中不可以拍照。

重點句型

★ -아/어/여야 하다：意思為「得～」。

오늘은 학교에 일찍 가야 합니다. 今天得提早去學校。

★ -ㄹ/을 수 없다：意思為「不能～」。

목이 아파서 밥을 먹을 수 없습니다. 喉嚨很痛，無法吃飯。

延伸學習

무료나눔　免費分發　　　　　　줄 서다　排隊

야광봉　螢光棒　　　　　　　　선착순　先後次序

물품 보관소　物品保管所；置物櫃　관람　參觀；觀看

39 백화점 안내 방송

百貨公司廣播

10% OFF

 關鍵單字　**請先記住關鍵單字，可以更容易了解MP3播放的內容。**

편리하다 形 方便	최선을 다하다　盡最大的努力
공간 名 空間	제시하다 動 出示
제공하다 動 提供	세금 환급 名 退税

聽聽看　**請先聽一次MP3，並回答以下問題，確認聽懂了多少。**　MP3-39

問題　**請回答以下問題，對的打〇，錯的打×。**

1. 백화점에서 원하는 매장을 찾으려면 일층으로 갑니다. （ ）

2. 지금 백화점에서 신발을 사면 누구나 할인을 받을 수 있습니다. （ ）

저희 백화점을 찾아주신 고객 여러분께 보다 편리한 쇼핑 공간을 제공하기 위해 최선을 다하겠습니다. 각 층에 위치한 매장은 각 층 엘리베이터 앞 백화점 안내지를 참고해 주세요. 지금 우리 백화점에서는 외국인 고객을 위해 신발 구매 이벤트를 진행하고 있습니다. 신발 구매시 여권을 제시하면 10%의 할인과 세금 환급을 해 드립니다.

翻譯

本百貨公司為提供給各位顧客更便利的購物空間，會盡最大的努力。各樓層的賣場位置，請參考各樓層電梯前面的百貨公司導覽單。現在本百貨公司為了外國顧客，正在進行購買鞋子的折扣活動。購買鞋子時，請出示護照，就可享有9折優惠並提供退稅服務。

重點句型

★ **-기 위해**：意思為「為了～」。接續在動詞後面。

시험에 통과하기 위해 매일 효과적으로 공부합니다.

為了通過考試，每天有效率地唸書。

★ **-을 위해**：意思為「為了～」。接續在名詞後面。

딸을 위해 엄마는 매일 아침 도시락을 쌉니다.

為了女兒，媽媽每天早上做便當。

★ **-고 있다**：意思為「正在～」。

저기 외국인이 길을 물어보고 있습니다.

那邊的外國人正在問路。

★ **-(으)면**：意思為「如果～；～的話」。表示推測、假設。

만약에 길을 잃어 버리면 근처 상점에 가서 물어 보세요.

如果迷路了，要去附近商店問問看。

延伸學習

문화센터 文化中心

아울렛 (outlet) 暢貨中心

휴점 일정 休館日期

식당가 美食街

유아 휴게실 嬰兒休息室；育嬰室

고객 상담실 顧客服務室

물품 보관소 寄物櫃；置物櫃

수선 修理

세금 환급 영수증을
부탁합니다.

請給我退稅收據。

40 슈퍼마켓 특가 상품 안내
超市特價商品廣播

關鍵
單字 **請先記住關鍵單字，可以更容易了解MP3播放的內容。**

코너 名 櫃檯

반 名 半

통 名 顆（用在西瓜、哈密瓜等
水果）

계산대 名 收銀台

단돈 名 小錢（用在金錢的數字前
面，表示錢的數目很小）

완료 名 完畢；完了

 請先聽一次MP3，並回答以下問題，確認聽懂了多少。 MP3-40

問題 **請回答以下問題，對的打○，錯的打╳。**

1. 지금부터 음료수 하나를 사면 하나를 더 줍니다. （ ）

2. 이 슈퍼마켓은 30분 동안 싸게 판매합니다. （ ）

原文

　　오늘도 저희 슈퍼마켓을 찾아주신 여러분께 감사 드립니다. 지금부터 30분 동안 과일 코너에서 세일을 진행합니다. 수박 반 통에 원가 8천원의 상품을 원 플러스 원으로 판매하고 있습니다. 그리고 계산대 앞 음료수 코너에서도 모든 상품을 단돈 천원에 판매합니다. 수량이 적어서 금방 판매 완료 되니까 빨리 와서 구입하세요.

翻譯

　　非常感謝各位今天也蒞臨本超市。從現在起為期30分鐘，在水果區進行折扣活動。西瓜半顆原價是8千韓圓，正在進行買一送一。還有收銀台前飲料區的所有商品只要1千韓圓。因為數量有限，即將售完，要買要快。

重點句型

★ **-에：表示單位。**

사과가 두 개에 천원입니다. 蘋果兩顆一千韓圓。

★ **-(으)니까：意思為「因為～」。表示原因。**

내일부터 휴일이니까 오늘까지 일을 끝내 주세요.

因為明天開始放假，所以請在今天完成工作。

延伸學習

깜짝 세일　驚喜特賣	가성비　CP值
특별 한정판　特別限定版	인기 상품　熱門商品；人氣商品
증정　贈送	행사 기간　活動期間
득템　獲得	핫 아이템　暢銷商品

41 화장품 가게 이벤트
化妝品店活動

MP3-41

 關鍵單字 請先記住關鍵單字，可以更容易了解MP3播放的內容。

소식 **名** 消息

색조 화장품 彩妝

페이스 마스크 面膜

실시하다 **動** 執行；進行

온라인 (online) 매장 網路賣場

오프라인 (off line) 매장 實體賣場

동시 **名** 同時

사은품 **副** 贈品

聽聽看 請先聽一次MP3，並回答以下問題，確認聽懂了多少。 MP3-41

問題 請回答以下問題，對的打○，錯的打×。

1. 이 화장품 행사는 2월에 2주 동안 진행합니다. （ ）

2. 2월에 인터넷을 통해서 모든 페이스 마스크를 한 개 사면 한 개를 더 줍니다. （ ）

原文

　고객 여러분, 2월 세일 소식을 안내해 드립니다. 색조 화장품을 두 개 사시면 20%, 세 개 사시면 30%, 네 개 사시면 50%의 세일을 진행합니다. 페이스 마스크의 경우 일부 품목을 제외하고 전 제품을 원 플러스 원에 판매합니다. 기간은 2월 첫째 주부터 둘째 주 주말까지이며, 온라인과 오프라인 매장에서 동시에 실시합니다. 사은품도 많이 받아 가세요.

翻譯

　各位顧客，為您介紹2月折扣活動訊息。正進行彩妝品購買兩件打8折，購買三件打7折，購買四件打5折的折扣活動。針對面膜，部分商品除外，全商品買一送一。活動期間為2月第一週至第二週週末為止，網路賣場以及實體賣場同步進行。歡迎多多領取贈品。

重點句型

★ **-(으)면：意思為「如果～；～的話」。表示推測、假設。**
화장품을 다 썼으면 세일할 때 사러 갑시다.
如果化妝品都用完了，折扣時去買吧。

★ **-의 경우：意思為「～的情況」。**
세일 상품의 경우 매장 마다 다릅니다.
折扣商品的情況，每個賣場都不同。

★ **-이며：連接語尾。表示並列。**
내가 자주 가는 매장은 온라인 매장이며 오프라인 매장도 가끔 갑니다.
我常去的賣場為網路賣場，偶爾也去實體賣場。

延伸
學習

샘플 樣品；贈品

수분크림 保濕霜

썬크림 防曬霜

보습 保濕

에센스 精華液

아이크림 眼霜

클렌저 卸妝液

토너 化妝水

로션 乳液

이 상품도 지금 세일해요?
這個商品現在有打折嗎？

42 상품 구입 후 유의 사항
商品購買之後的注意事項

음식・구매 餐飲・購物

 請先記住關鍵單字，可以更容易了解MP3播放的內容。

영수증 **名** 收據	단순 변심 **名** 單純改變心意
잔돈 **名** 零錢	반품 **名** 退貨
이내 **名** 以內	불가능 **名** 不可能
환불 **名** 退費	유의 **名** 留意

 請先聽一次MP3，並回答以下問題，確認聽懂了多少。 MP3-42

問題 **請回答以下問題，對的打〇，錯的打✕。**

1. 손님이 여기에서 물건을 샀지만 물건에 문제가 있습니다. （　）

2. 물건에 문제가 있으면 7일 이내에 바꿀 수 있습니다. （　）

125

　　손님, 여기 영수증과 잔돈이 있습니다. 오늘 산 물건에 문제가 있으면 7일 이내에 오시면 동일 상품으로 교환 및 환불 모두 가능합니다. 사이즈나 색상에 문제가 있으면 3일 이내에 교환 가능하세요. 이때 꼭 영수증을 가져와야 합니다. 하지만 상품에는 문제가 없지만 단순 변심으로 인한 교환, 반품, 환불은 불가능합니다. 이 점 꼭 유의해 주세요.

　　客人，這裡有收據和零錢。如果今天所購買的物品有問題，7天內來都可以更換相同商品及退費。尺寸或顏色有問題的話，3天內可以更換。那時，請務必攜帶收據前來。不過，當商品沒有問題時，是無法因單純變心而更換、退貨、退費。請務必留意。

★ -아/어야 하다：意思為「得～；必須～」。

이 할인권은 기간 내에 사용해야 합니다.

這張折價券必須要在期限內使用。

★ -지만：意思為「雖然～，但是～」。

지금은 세일을 안 하지만 곧 할인할 것 같습니다.

雖然現在沒有折扣，但快要打折的樣子。

★ -(으)로 인한：意思為「由於～；因為～」。

고객의 실수로 인한 문제는 책임지지 않습니다.

由於顧客的錯誤引起的問題，概不負責任。

소비자 보호법　消費者保護法　　접수　受理

환불규정　退費規定　　본사　總公司

환불 신청서　退費申請書　　무조건　無條件；絕對

어제 이 물건을 샀는데 다른
것으로 바꾸고 싶은데요.

昨天買了這個商品，
想換其他東西。

43 교환 · 환불

換貨 · 退費

 請先記住關鍵單字，可以更容易了解MP3播放的內容。

색조 화장품 彩妝　　　　　　　　비슷하다 類似

 請先聽一次MP3，並回答以下問題，確認聽懂了多少。　　MP3-43

 請回答以下問題，對的打○，錯的打✕。

1. 물건을 산 후 3일이 지나기 전에는 교환이나 환불이 가능합니다. （　）

2. 손님이 지난 주에 산 화장품은 이미 비슷한 게 있습니다. （　）

原文

지난주에 여기에서 색조 화장품을 샀는데요, 집에 가서 보니까 비슷한 색이 여러가지가 있어서 다른 것으로 바꾸고 싶어요. 벌써 구매 후 3일 환불 기간이 끝나서 그냥 다른 제품으로 교환하고 싶어요. 교환이라서 영수증도 안 가지고 왔어요. 그때 받은 사은품도 그대로 가져왔는데, 교환이 가능할까요?

翻譯

上週在這裡買了彩妝，但回家看一下，家裡有各種類似的顏色，所以想更換成其他東西。已經過了售後3天的退費期，所以想更換成其他商品。因為是換貨的關係，沒有帶收據來。當時拿到的贈品也原封不動地帶來了，可以換貨嗎？

重點句型

★ -ㄴ/는데：接續在動詞後面，表示說明、轉折、連接、感嘆。

하나 더 사면 사은품을 주는데 더 살까요?

多買一個會給我贈品，要多買嗎？（說明、連接）

하나 더 사면 사은품을 주는데 못 받았습니다.

多買一個會給我贈品，但沒有拿到。（轉折）

하나 더 사면 사은품을 주는데요.

多買一個就會給贈品呢！（感嘆）

★ -고 싶다：意思為「想要～」。

이번에는 다른 색깔로 사고 싶습니다.

這次想要買其他顏色。

★ **-아/어서：表示動作的前後關係或原因。**

백화점에 가서 화장품을 샀습니다.

去百貨公司買了化妝品。

백화점에서 사서 화장품이 비쌉니다.

在百貨公司買的關係，化妝品很貴。

★ **-ㄹ/을까요：表示詢問對方意見。**

오늘은 숙제를 다 쓸 수 있을까요?

今天可以把作業都寫得完嗎？

延伸學習

구매한 매장　購物的賣場　　　　테스트　測試

다른 매장　其他賣場　　　　　　불량　不良

포장 뜯은 상품　拆封過的商品　　파손　破損

44 세금 환급 (Tax Refund)

退稅申請

★★☆

關鍵單字 **請先記住關鍵單字，可以更容易了解MP3播放的內容。**

세금 환급 (tax refund) 退稅

탑승권 (boarding pass) 名 登機證

세관 신고대 海關申報處

출국 심사 移民署審查

지정되다 動 被指定

금액 名 金額

聽聽看 **請先聽一次MP3，並回答以下問題，確認聽懂了多少。**　　MP3-44

問題 **請回答以下問題，對的打〇，錯的打×。**

1. 한국인도 해외에서 살면 세금 환급을 받을 수 있습니다. （　）

2. 세관 신고대에서 세금 환급을 받을 수 있습니다. （　）

외국인 혹은 해외에 거주하는 한국인이 한국에서 3만원 이상의 물건을 사면 세금을 환급 받을 수 있습니다. 이것을 '세금 환급(tax refund)'라고 하고 물건을 구매한 곳에서 '세금 환급' 영수증을 따로 받아야 합니다. 공항에 가면 '세관 신고대'가 있는데 여권과 탑승권 확인을 하고 영수증과 산 물건을 보여 주면 됩니다. 출국 심사 후에 지정된 장소에서 여권 확인 후 환급 금액을 받을 수 있습니다.

翻譯

外國人或居住國外的韓國人，在韓國購買3萬韓圜以上的物品，就可以獲得退稅。這叫做「세금 환급」（稅金還給），需要在購買物品的地方另外拿到「退稅」收據。去到機場，有「海關申報處」，確認護照以及登機證，並出示收據及購買的物品就可以。出境審查後，在指定的地方，確認護照就可以拿到退稅的金額。

重點句型

★ -(이)라고 하다：意思為「叫做～」。

여기부터 인사동이라고 합니다. 從這裡開始叫做仁寺洞。

★ -(으)면 되다：意思為「～就可以」。

여기부터 걸어서 가면 됩니다. 從這裡開始走路去就可以。

延伸學習

세금 환급 카운터 退稅櫃檯　　　바코드 찍다 掃描商品條碼

이정표 路標　　　현금 現金

45 | 우편으로 짐 보내기
郵寄行李

우체국

 關鍵單字 請先記住關鍵單字，可以更容易了解MP3播放的內容。

소포 **名** 包裹

내용물 **名** 內裝物；內容物

먹을거리 **名** 吃的；食物

항공우편 **名** 航空信

배송기간 **名** 送達期間

송장 **名** 貨單

 聽聽看 請先聽一次MP3，並回答以下問題，確認聽懂了多少。　MP3-45

問題 請回答以下問題，對的打〇，錯的打×。

1. 이 소포를 대만까지 비행기로 보내면 사일 정도 걸립니다. （　）

2. 항공 우편을 보낼 때 주소와 받는 사람, 이름 등을 따로 종이에
   적어야 합니다. （　）

133

이 소포를 대만까지 보내려고 하세요? 소포 안에 내용물은 모두 먹을거리입니까? 무겁지 않으니까 배보다는 항공 우편으로 보내는 게 좋습니다. 항공 우편일 때 우편 비용은 8천원이고 배송 기간은 사흘 정도입니다. 항공 우편 송장은 뒤쪽 테이블에 있고 영어로 작성해 주세요. 그리고 테이프로 포장 꼼꼼하게 하세요.

翻譯

這個包裹要寄到臺灣嗎？包裹裡面的物品都是吃的嗎？因為不重，用空運會比海運好。用空運時的郵資是8千韓圓，送達時間為三天左右。空運的貨單在後面的桌子，請用英文填寫。還有，請用膠帶仔細包裝。

重點句型

★ **-(으)려고 하다：**意思為「打算～」。
내일은 꼭 산책을 하려고 합니다. 打算明天一定要散步。

★ **-게 좋다：**意思為「～比較好」。
매일 매일 산책을 하는게 좋습니다. 天天散步比較好。

★ **-게 하다：**意思為「讓～」。
산책을 자주하면 몸을 건강하게 합니다. 常常散步，讓身體更健康。

延伸學習

번호 대기표 號碼牌	등기우편 掛號信
뽑다 抽	택배 기사 宅配司機
택배 宅配	배달부 郵差

★ ★ ★
PART V

생활하기
生 活

聽力要點

　　本單元挑選的聽力練習，都是短期或長期在韓國生活時會遇到的狀況，包含學習語言、找學習語言交換朋友、約定時間或更改時間、利用公共設施等。這些相關內容，也是我來臺灣學中文時常遇到的狀況。當時對學校以外的環境都感到害怕及不安，但無論中文表達能力好或不好，都無法避免這些狀況，必須要面對才能繼續在異國生活。還記得當時先將相關單字先用字典查好，再很緊張地出門。希望讀者們能多練習各種場景的相關單字以及內容，相信老天會把機會留給有準備的人。一起來看看會有什麼樣的機會與狀況等著各位吧！

★★☆
46 언어 배우기
學習語言

關鍵單字 請先記住關鍵單字，可以更容易了解MP3播放的內容。

한국어학당 **名** 韓國語學堂　　집중하다 **動** 專心；集中；密集

과정 **名** 課程　　　　　　단기 **名** 短期

신청하다 **動** 申請　　　　체험 **名** 體驗

聽聽看 請先聽一次MP3，並回答以下問題，確認聽懂了多少。　　MP3-46

問題 請回答以下問題，對的打〇，錯的打✕。

1. 이 학교의 한국어를 배우는 과정은 모두 세 가지가 있습니다. （　）

2. 한국어를 배우는 시간은 오전 9시부터 오후 1시까지입니다. （　）

原文

　　우리 한국어학당 3개월 이상 과정은 한국에서 한국어로 공부하고 싶거나 일하고 싶은 사람이 신청합니다. 그리고 여름 방학 과정을 통해서 5주 동안 집중해서 한국어를 배울 수 있습니다. 또 봄 방학과 여름 방학에 3주 단기 과정이 있습니다. 모든 한국어 수업은 월요일부터 금요일까지 오전 9시부터 4시간 동안이고, 봄 방학과 여름 방학에 3주 단기 과정의 경우 오후에는 문화 체험 시간이 있습니다.

翻譯

　　我們韓國語學堂3個月以上的課程，是提供給想在韓國用韓文念書或想工作的人申請。還有透過暑假課程，5個星期的時間可以密集學習韓文。另外有春假及暑假3個星期的短期課程。所有的韓文課程，是從星期一至星期五，上午9點開始上課4個小時，而針對春假及暑假3個星期的短期課程，則在下午有文化體驗時間。

重點句型

★ -을 통해서：意思為「透過～」。

예능 프로그램을 통해서 한국어를 배웠습니다.

透過綜藝節目學韓文。

★ -의 경우：意思為「對於～」。

화장품의 경우 이 회사 제품만을 사용합니다.

對於化妝品，只使用這家公司的產品。

延伸學習

온라인 접수　網路申請	단기 프로그램　短期課程
소식　消息；訊息	특별 프로그램　特別課程
장기 프로그램　長期課程	정규 과정　正規課程

기숙사 유의 사항

宿舍注意事項

關鍵單字 請先記住關鍵單字，可以更容易了解MP3播放的內容。

등록 名 登記；註冊

제공하다 動 提供

마감일 名 截止日期

배정받다 動 被安排；被分配

공용 名 公用

공동 名 共同

聽聽看 請先聽一次MP3，並回答以下問題，確認聽懂了多少。　　MP3-47

問題 請回答以下問題，對的打〇，錯的打✕。

1. 한 방에 두 사람이 기숙사에 살 수 있습니다. （ 　 ）

2. 기숙사의 주방과 샤워실은 여러 사람이 함께 이용합니다. （ 　 ）

原文

　　우리 어학당에 등록을 하면 기숙사를 제공하고 있습니다. 기숙사에 거주하려면 등록 마감일까지 기숙사비를 내야 합니다. 기숙사비를 내면 방을 배정 받게 됩니다. 방은 2인 1실이고 방에 침대, 옷장, 책장, 책상, 의자, 침대 시트와 모포가 제공됩니다. 샤워실과 세탁실은 공용이고, 간단한 음식을 만들어 먹을 수 있는 주방도 공동으로 이용할 수 있습니다.

翻譯

　　如果申請本語學堂，就有提供宿舍。若要住宿舍，在登記期間須繳交宿舍費。繳交宿舍費，就會被分配房間。房間是2人1間，房間有提供床、衣櫃、書櫃、書桌、椅子、床單以及毛毯。淋浴間及洗衣間是公用，可以煮簡單料理來吃的廚房也是共同使用。

重點句型

★ **-(으)려면**：意思為「如果要～；想～就得；要～的話」。

주방을 이용하려면 신청서를 쓰지 않아도 됩니다.

如果要使用廚房，不需要寫申請書。

★ **-게 되다**：意思為「變得～」。

아침에 청소해서 방이 깨끗하게 되었습니다.

早上打掃，所以房間變乾淨了。

★ **-(으)로**：意思為「以～來～」。

인터넷은 무료로 사용할 수 있습니다.

網路可以免費使用。

延伸學習

하숙　寄宿

월세　房租；月租

보증금　押金；保證金

수도세　水費

전기세　電費

관리비　管理費

집주인　屋主；房東

방음　隔音

기숙사에 통금 시간이
있어요?
宿舍有門禁時間嗎？

140

48 학교에서 집까지

從學校到家

關鍵單字 請先記住關鍵單字，可以更容易了解MP3播放的內容。

동문 名 東門

골목 名 巷子

두번째 名 第二個

호 名 號

길 건너다 動 過馬路

신호등 名 紅綠燈

聽聽看 請先聽一次MP3，並回答以下問題，確認聽懂了多少。　　MP3-48

問題 請回答以下問題，對的打〇，錯的打×。

1. 학교부터 길을 두 번 건너가야 합니다. (　　)

2. 학교에서 걸어서 5분정도 가면 집에 도착합니다. (　　)

PART V 생활하기 生活

우리 집은 학교 근처에 있습니다. 학교 동문에서 나오면 사거리가 있습니다. 학교 동문 앞 신호등에서 한국은행으로 길을 건너세요. 은행 오른쪽으로 똑바로 걸어서 100미터쯤 가면 편의점이 있어요. 편의점을 지나서 왼쪽으로 돌면 골목이 있는데, 골목 오른쪽 두번째 집 201호가 우리 집입니다. 학교에서 집까지 걸어서 9분 정도 걸리고, 길을 잘 모르면 010-4334-9522로 전화하세요.

翻譯

我家在學校附近。從學校東門出來，有十字路口。在學校東門前的紅綠燈，往韓國銀行方向過馬路。往銀行右邊直走約100公尺的話，有便利商店。經過便利商店，往左轉，有巷子，巷子右邊第二間房子201號就是我家。從學校到我家用走路約9分鐘，如果不清楚怎麼走，請打電話010-4334-9522。

★ -(으)면：意思為「如果～；～的話」。表示推測、假設。

커피를 많이 마시면 잠이 안 옵니다.

喝很多咖啡的話，會睡不著覺。

★ -는데：為連結語尾，接續在動詞或「있다」、「없다」之後。表示敘述現在的狀況。

휴대 전화가 없는데 어떻게 연락해요?

沒有手機，怎麼聯絡？

延伸學習

횡단보도 斑馬線

회전하다 迴轉

유턴하다 調頭；U形迴轉；迴轉

직진하다 直走

좌회전 左轉

우회전 右轉

좌측 보행 左側步行

우측 보행 右側步行

집 근처에 가서 전화할게요.
마중나와 주세요.
到家附近再打電話。
請出來接我。

49 가족 소개 하기

介紹家人

★★☆

關鍵單字 請先記住關鍵單字，可以更容易了解MP3播放的內容。

계시다 動 ＜敬＞（人）在
　　　　（「있다」的敬語）

무역 名 貿易

상당히 副 相當

굉장히 副 非常

열심히 副 認真

사촌 名 堂兄弟姊妹；表兄弟姊妹

聽聽看 請先聽一次MP3，並回答以下問題，確認聽懂了多少。　　　MP3-49

問題 請回答以下問題，對的打〇，錯的打×。

1. 이 사람은 대만에서 한국어를 공부하고 있습니다. （　）

2. 이 사람은 형이 있기 때문에 남자입니다. （　）

原文

　　우리 가족은 모두 다섯 명입니다. 부모님이 계시고 형과 여동생이 있습니다. 아버지는 무역 회사에 다니시고, 어머니는 가정 주부이신데, 중국 요리를 아주 잘 하십니다. 형은 지금 대학원에서 공부하는데, 축구를 굉장히 좋아하고 매주 축구를 연습합니다. 여동생은 고등학생인데 노래를 상당히 잘 부릅니다. 우리 가족은 모두 대만에 살고 있고, 저는 사촌 형하고 한국에서 열심히 한국어를 배우고 있습니다.

翻譯

　　我們家共有五個人，有父母親和哥哥及妹妹。父親在貿易公司上班，母親是家庭主婦，很會煮中國菜。哥哥在念研究所，非常喜歡足球，而且每個星期練足球。妹妹是高中生，很會唱歌。我的家人都住在臺灣，我和我的堂哥在韓國認真學習韓文。

重點句型

★ -(으)시：表示對主語的尊敬

어머니는 책을 보십니다. 母親在看書。

★ -인데：接續在名詞後面，表示敘述。

동생은 중학생인데 공부를 잘 합니다. 弟弟（妹妹）是國中生，很會念書。

延伸學習

이모 阿姨	조카 侄子
이모부 姨丈	사촌 언니 堂姊（女稱）
고모 姑姑	사촌 동생 堂弟或堂妹
고모부 姑丈	조부모님 祖父母

 關鍵單字 請先記住關鍵單字，可以更容易了解MP3播放的內容。

댄스 (dance) 名 舞蹈　　　　맞추다 動 配合

학원 名 補習班　　　　　　　신나다 形 開心

안무 名 編舞　　　　　　　　공예 名 工藝

聽聽看 請先聽一次MP3，並回答以下問題，確認聽懂了多少。　　MP3-50

問題 請回答以下問題，對的打〇，錯的打×。

1. 매주 학교 근처에서 춤을 배웁니다. （　）

2. 학교에는 매주 문화 체험 시간이 있습니다. （　）

146

原文

　　나는 이번 주 문화 체험 시간에 K-pop댄스를 배웠습니다. 학교 근처 댄스 학원에 가서 선생님과 함께 남자 아이돌 노래의 안무를 배웠습니다. 매일 교실에서 공부만 하다가 좋아하는 노래에 맞춰서 신나게 춤을 추니까 너무 기분이 좋았습니다. 다음 주에는 드라마를 자주 찍는 민속촌에 가서 전통 공예를 배웁니다. 벌써부터 기대하고 있습니다.

翻譯

　　我在這星期的文化體驗時間學了K-pop舞蹈。去學校附近的舞蹈補習班，和老師一起學了男偶像歌曲的編舞。每天只在教室唸書，但搭配喜歡的音樂開心跳舞，心情非常好。下個星期要去經常拍攝電視劇的民俗村學習傳統工藝。已經開始期待了。

重點句型

★ **-다가**：表示動作或狀態轉換成另一個動作或狀態。

학교 식당에서 점심을 먹다가 친구의 전화를 받았습니다.
在學校餐廳吃飯，接到朋友的電話。

★ **-게**：連結語尾，接續在形容詞後面，表示狀態。

귀엽게 머리 스타일을 바꿨습니다. 換成了可愛的髮型。

延伸學習

한류	韓流	수묵	水墨
한옥 마을	韓屋村	서예	書法
한의	韓醫	다과	茶點

51 가습기 준비

準備加濕器

 請先記住關鍵單字，可以更容易了解MP3播放的內容。

건조하다 **動** 乾燥   작동하다 **動** 啟動

실내 **名** 室內   버튼 (button) **名** 按鈕

물통 **名** 水桶；水壺   연속 **名** 連續

콘센트 **名** 插座

聽聽看 **請先聽一次MP3，並回答以下問題，確認聽懂了多少。**   MP3-51

問題 **請回答以下問題，對的打○，錯的打×。**

1. 이 가습기는 가습 외에 조명처럼 등도 켜집니다. (   )

2. 한국 사람들은 겨울에 가습기를 많이 이용합니다. (   )

原文

　　한국의 겨울은 특히 건조해서 실내에 있을 때 목이나 눈이 아플 때가 있습니다. 실내가 많이 건조하면 건강에도 좋지 않아서, 가습기를 샀습니다. 기계의 물통에 물을 넣고, 콘센트를 꼽은 후에 버튼을 누르면 가습기가 작동합니다. 버튼은 두 개가 있는데 왼쪽 버튼은 불이 켜지고, 오른쪽 버튼을 누르면 가습이 됩니다. 사용법도 간단하고 4시간 동안 연속 사용할 수 있어서 편리합니다.

翻譯

　　因為韓國的冬天特別乾燥，所以在室內時，有時喉嚨或眼睛會痛。若室內很乾燥，對健康也不好，所以買了加濕器。在機器的水壺中裝水，插到插座之後，按下按鈕加濕器就會啟動。有兩個按鈕，左邊按鈕可以開燈，右邊按鈕可以加濕。使用方法很簡單，可以連續使用4個小時，很方便。

重點
句型

★ -ㄹ/을 때：意思為「～的時候」。

물을 마실 때 천천히 마셔야 합니다.

喝水時要慢慢喝。

★ -처럼：意思為「像～一樣」。

친구는 아이돌처럼 잘 생기고 춤도 잘 춥니다.

朋友像偶像一樣，帥又會跳舞。

★ -ㄴ/은 후에：意思為「～之後」。

수업이 끝난 후에 친구들과 점심을 먹습니다.

下課後和朋友吃午餐。

延伸學習

간편하다 方便

세척하다 清洗

초음파 超音波

등 燈

원산지 原產地

무상 수리 免費修理

보증기간 保固期

장마철에는 습하니까
제습기를 사용할까요?
因為梅雨季很潮濕，
要使用除濕機嗎？

52 도서관 이용

使用圖書館

 請先記住關鍵單字，可以更容易了解MP3播放的內容。

설명 名 說明

학생증 名 學生證

자유롭다 形 自由的

교육 名 教育

실시하다 動 實行；實施

진행하다 動 進行

대출 名 借書

 請先聽一次MP3，並回答以下問題，確認聽懂了多少。 MP3-52

問題 **請回答以下問題，對的打○，錯的打×。**

1. 우리 학교 외국인 학생이 많아지면서 도서관 이용 교육을 실시하고
   있습니다. （ ）

2. 도서관 이용 교육을 마치면 작은 선물을 주는 이벤트가 있습니다. （ ）

외국인 학생이 우리 학교 도서관을 이용할 때 영어와 한국어로 설명을 볼 수 있습니다. 학생증만 있으면 도서관을 자유롭게 이용할 수 있습니다. 한국어로 도서관을 이용하고 싶은 외국인 학생을 위해 매달 첫째주 화요일에 '도서관 이용 교육'을 실시하고 있습니다. 오후 1시 반부터 도서관 1층 회의실에서 진행하니까 많은 참여 바랍니다. 이번 달부터 외국인 학생이 처음 도서 대출을 하면 작은 선물을 주는 이벤트도 진행하고 있습니다.

　　外籍學生使用我們學校的圖書館時，可以讀韓文或英文說明。只要有學生證，就可以自由使用圖書館。為了想用韓文使用圖書館的外籍生，每個月第一個星期二會實施「圖書館使用教育」。下午1點半開始在圖書館1樓會議室舉行，請多多參與。從本月開始正在舉辦外籍生初次借書就給小禮物的活動。

★ -롭다：接續在部分名詞之後，使名詞形容詞化。

내일은 쉬는 날이니까 여유롭습니다.

明天是休息日，很悠閒。

★ -(으)니까：意思為「～因為」。可接續建議、共同意思的語尾。表示原因。

오늘은 도서관이 쉬니까 내일 다시 오세요.

因為今天圖書館休館，請明天再來。

延伸學習

열람　閱覽

대출　出借；出租

반납　交還

목록　目錄

청구 기호　編碼

색인　索引

초록　摘錄

이 책을 오늘 빌리면
언제까지 반납해야 해요?

這本書今天借的話，
什麼時候要還呢？

53 혼밥
一個人吃飯

 關鍵單字 請先記住關鍵單字，可以更容易了解MP3播放的內容。

대부분 名 大部分　　　　　　　쳐다보다 動 定著看；仰望；仰視

어울리다 動 配合　　　　　　　유행하다 形 流行

聽聽看 請先聽一次MP3，並回答以下問題，確認聽懂了多少。　　MP3-53

問題 請回答以下問題，對的打〇，錯的打✕。

1. 한국 사람들은 전에 혼자서 밥 먹는 사람이 적었습니다. （　）

2. 사람들이 바빠서 식사나 술 약속을 하기가 쉽지 않습니다. （　）

原文

대부분의 한국 사람들은 밥이나 술을 먹을 때 다른 사람들과 어울려서 먹었습니다. 영화도 혼자 가서 보면 주변에서 이상하게 쳐다봤지요. 하지만 요즘은 친구나 가족과 약속하기가 힘들게 모두가 바빠요. 그리고 가끔은 혼자 원하는 일을 하면 스트레스도 안 받고 자유롭다고 느낄 때가 많습니다. 그래서 요즘 한국에서는 혼자 밥 먹는 '혼밥'이나 혼자 술 마시는 '혼술' 같은 말이 유행하는 것 같습니다.

翻譯

大部分的韓國人吃飯或喝酒時，會和其他人一起吃或喝。看電影也是一個人去看電影的話，身邊的人也會用奇怪的眼神關注。不過最近大家都很忙碌，很難和朋友或家人約。還有，如果有時候想一個人做想做的事情，也沒有壓力，常常感覺很自由。所以最近在韓國好像很流行一個人吃飯的「혼밥」（獨飯），或一個人喝酒的「혼술」（獨酒）。

重點句型

★ -기 힘들다(어렵다)：意思為「很難（做）～」。
　유아는 혼자서 밥 먹기 힘듭니다. 幼兒很難一個人吃飯。

★ -는 것 같다：接續在動詞或「있다」、「없다」後面。
　　　　　意思為「好像～」。
　지금 집에 없는 것 같습니다. 現在好像不在家。

延伸學習

신조어　新造語　　　　　　맛집　美食店
대세　主流；潮流　　　　　레시피　食譜
밥집　餐廳

54 드라마 보기
看連續劇

關鍵 單字 請先記住關鍵單字，可以更容易了解MP3播放的內容。

방송 名 電視台

미니시리즈 名 電視連續短劇；
迷你電視連續劇

연속극 名 連續劇

말 그대로 冠 按照所說的

실화 名 真實故事

형식 名 形式

선호하다 動 喜好

聽聽看 請先聽一次MP3，並回答以下問題，確認聽懂了多少。　　MP3-54

問題 請回答以下問題，對的打○，錯的打×。

1. 소설 내용으로 드라마를 만들면 미니시리즈가 됩니다. (　)

2. 연속극보다 미니시리즈를 좋아하는 사람이 많습니다. (　)

原文

　한국 TV 방송 드라마는 크게 미니시리즈와 연속극으로 나눌 수 있습니다. 미니시리즈는 말 그대로 3-4회의 짧은 드라마이고, 연속극은 대체로 16회 이상 긴 드라마를 말합니다. 미니시리즈는 소설이나 실화를 내용으로 합니다. 연속극에 비해서 짧기 때문에 형식도 자유롭고 다양한 내용이 있습니다. 진행 속도도 빠르기 때문에 미니시리즈를 선호하는 사람들이 많이 있습니다.

翻譯

　韓國電視播出的連續劇大致可分為迷你電視連續劇及連續劇。迷你電視連續劇就如所說，是3～4集的短連續劇，大部分16集以上的連續劇就稱為長連續劇。迷你電視連續劇的內容通常為小說或真實故事，由於和連續劇相比較短，所以形式較自由，有多樣化的內容。也因為故事進行速度較快，所以喜歡迷你電視連續劇的人很多。

重點句型

★ **-(으)로 나누다**：意思為「分為～」。
한국의 대학은 2년제와 4년제로 나눕니다.
韓國的大學分為2年制及4年制。

★ **-에 비해서**：意思為「比起～」。
나는 고기에 비해서 야채를 더 잘 먹습니다.
比起肉，我更愛吃蔬菜。

★ **-기 때문에**：意思為「因為～」。表示原因。
외국인등록증이 없기 때문에 온라인 구매를 할 수 없다.
因為沒有外國人登錄證，所以無法網購。

延伸學習

일일 드라마　每日電視劇

아침 드라마　晨間電視劇

월화 드라마　月火電視劇（星期一、二播出的電視劇）

수목 드라마　水木電視劇（星期三、四播出的電視劇）

금요 드라마　週五電視劇（星期五播出的電視劇）

주말 드라마　週末電視劇

한국 드라마를 보면서
한국어도 연습하고 한국
문화도 배울 수 있어요.
看韓國電視劇可以練習韓語，
還可以學到韓國文化。

55 주말 계획

週末計畫

 關鍵
單字 **請先記住關鍵單字,可以更容易了解MP3播放的內容。**

머물다 動 停留

주중 名 週間;平日

동아리 名 社團

회식 名 聚餐

분위기 名 氣氛

계획 名 計畫

聽聽看 **請先聽一次MP3,並回答以下問題,確認聽懂了多少。** MP3-55

問題 **請回答以下問題,對的打○,錯的打×。**

1. 이 사람은 한국에서 한국어를 배우면서 동아리 활동도 합니다. (　)

2. 이 사람은 동아리 친구들과 자주 영화를 보러 극장에 갑니다. (　)

159

한국에서 머무는 3개월 동안 한국어를 배우면서 여러 한국 문화를 체험하고 싶습니다. 주중에는 한국어학당에서 한국어를 배우고, 주말이 되면 한국 친구들과 배운 한국어를 연습하거나 놀러 다닙니다. 토요일은 영화 동아리 친구들과 영화를 보고 함께 영화 이야기를 합니다. 동아리 모임 후에는 회식을 하는데 벽 없이 친구들과 이야기하는 분위기가 너무 좋습니다. 일요일에는 친구와 약속을 하거나 주말 여행을 계획해서 짧은 여행을 다녀 옵니다.

翻譯

留在韓國3個月的時間，想一邊學習韓文一邊體驗韓國文化。平日在韓國語學堂學韓文，到了週末和韓國朋友練習學過的韓文，或是出去玩。星期六和電影社團的朋友們一起看電影、聊電影。社團聚會後聚餐，很喜歡跟朋友們自在聊天的氣氛。星期日和朋友約見面，或計畫週末旅行做短暫的旅遊。

重點
句型

★ -(으)면서：意思為「一邊～一邊～」。

영화를 보면서 팝콘을 먹습니다.

一邊看電影、一邊吃爆米花。

★ -(으)러 다니다：意思為「為（做某件事）～而往返（某地方）；
來往」。

요즘 피아노를 배우러 학원에 다닙니다.

最近去補習班學彈鋼琴。

**延伸
學習**

클럽 활동 社團活動

서클 활동 社團活動

동호회 同好會

가입 加入

활동 活動

참가 參加

한국 문화 수업은 어느
수업이 가장 재미있어요?
추천해 주세요.
韓國文化課哪堂課最有趣呢？
請推薦給我。

關鍵單字 **請先記住關鍵單字，可以更容易了解MP3播放的內容。**

연결하다 動 連接；連結　　　　신청하다 動 申請

규칙적 名 有規則；有規律　　　신청자 名 申請者

파트너 (partner) 名 搭檔；夥伴　　굉장히 副 非常

聽聽看 **請先聽一次MP3，並回答以下問題，確認聽懂了多少。**　　MP3-56

問題 **請回答以下問題，對的打○，錯的打╳。**

1. 언어교환은 일년 동안 같이 언어 연습을 할 수 있습니다. （　）

2. 신청자는 원하는 언어와 연습 시간, 파트너를 자유롭게 선택할 수 있습니다. （　）

原文

　　우리 학교 언어교환 프로그램은 한국어를 배우러 온 외국인 학생과 외국어를 연습하고 싶은 우리 학교 학생을 연결해 줍니다. 우리 학교 학생은 신청기간 동안 연습하기 원하는 언어를 선택해서 신청해야 합니다. 한 학기 동안 일주일에 한 번 이상 규칙적으로 파트너를 만나서 상대방과 함께 언어 연습을 합니다. 신청자가 많아서 언어교환을 신청했지만 파트너가 없어서 연결이 안 된 학생들이 상당히 많습니다. 다음 학기에도 기회가 있으니까 꼭 신청해 주시기 바랍니다.

翻譯

　　本校的語言交換計畫，是為了連結來學習韓文的外籍學生和想練習外語的本校學生。本校學生在申請期間須選擇想練習的語言並提出申請。一學期當中，須一個星期一次以上有規律地與搭檔見面，並和對方一起練習語言。因為申請者很多，雖然申請了語言交換，但沒有搭檔而無法連結的學生非常多。下學期也有機會，請一定要再申請。

重點句型

★ **-지만**：意思為「雖然～但是」。

중국어를 배우고 있지만 실력이 늘지 않습니다.

雖然在學中文，但沒有進步。

★ **-기 바라다**：意思為「希望～」。

다음 주에 꼭 만나기 바랍니다.

希望下週一定要見面。

배우는 언어 學習中的語言

사는 곳 住的地方

교류 交流

지속하다 持續

제의하다 提議

번갈아가며 연습하다 輪流練習

교정하다 糾正

생활 회화 위주 生活會話為主

몇 월에 우리 학교 언어교환
을 신청할 수 있어요?
我們學校幾月可以
申請語言交換呢？

57 친구 집 방문

拜訪朋友家

 請先記住關鍵單字，可以更容易了解MP3播放的內容。

방문 名 拜訪

소소하다 動 瑣碎；小小的；零星

에티켓 名 禮節；禮儀

바닥 名 地板

현관 名 玄關

빈손 名 空手

聽聽看 請先聽一次MP3，並回答以下問題，確認聽懂了多少。　MP3-57

問題 請回答以下問題，對的打〇，錯的打×。

1. 한국인 집은 대체로 신발을 신고 방으로 들어갈 수 없습니다. （　）

2. 친구의 부모님에게 작은 선물을 드리면 좋습니다. （　）

한국인 친구의 집을 방문할 때 소소한 에티켓이 있습니다. 한국은 대체로 방 바닥에 앉아서 생활하기 때문에 현관에서 신발을 벗고 들어갑니다. 이때 양말을 신지 않고 있다면 따로 준비해 가거나 그 집에 있는 실내화를 신을 수 있습니다. 집에 어른이 계시면 어른께 먼저 인사를 하고 간단한 자기 소개를 합니다. 함께 식사를 한다면 어른이 식사를 시작한 후에 밥을 먹기 시작합니다. 친구 집에 가기 전에 빈손으로 가기보다 간단한 선물을 준비하면 더 좋습니다.

翻譯

到韓國朋友家拜訪時有些瑣碎的禮節。由於韓國大部分都坐在房間的地板上生活，所以要在玄關脫鞋後再進去。如果那時沒有穿襪子，就另外準備帶去，或是可以穿那家的室內鞋。如果家裡有長輩，要先向長輩打招呼並簡單介紹自己。一起吃飯的話，長輩開始用餐後才能吃飯。去朋友家前，比起空手去，如果能準備簡單的禮物更好。

重點句型

★ **-(ㄴ)다면**：意思為「如果～；～的話」。表示推測、假設。

내일 비가 온다면 택시를 탑시다.

如果明天下雨，搭計乘車吧。

배가 가프다면 학생식당으로 갈가요?

如果肚子餓，我們去學生餐廳好嗎？

★ **-기 시작하다**：意思為「開始～」。接續在動詞之後。

오전 10시부터 한국어 수업을 하기 시작합니다.

上午10點開始上韓文課。

★ **-(으)면 좋다**：意思為「～的話會很好」。表示建議。

학교에 가기 전에 다시 한번 준비물을 확인하면 좋습니다.

如果能在去學校之前再確認一次該準備的東西會很好。

延伸學習

절친　好朋友；死黨

친하다　親近；親密；要好

친근하다　親近；親密

서먹서먹하다　尷尬；拘謹

거리를 두다　保持距離

예의 바르다　有禮貌；彬彬有禮

한국 사람들은 무슨 대만
상품을 좋아해요?

韓國人喜歡什麼
臺灣商品呢？

58 약속 시간 변경

更改約定時間

화요일 오후2시

 關鍵單字 請先記住關鍵單字，可以更容易了解MP3播放的內容。

갑자기 副 突然　　　　　　　　　　　연락 名 聯絡

 聽聽看 請先聽一次MP3，並回答以下問題，確認聽懂了多少。　　MP3-58

問題 請回答以下問題，對的打○，錯的打×。

1. 수미는 목요일과 금요일 오후에 시간이 괜찮습니다. （　）

2. 이번 주 화요일 오후에는 만날 수 없습니다. （　）

原文

　안녕하세요. 저는 수미 씨와 언어교환을 하고 있는 샤오밍이라고 합니다. 매주 화요일 오후 4시 30분부터 수미 씨와 만나기로 했는데 갑자기 일이 생겨서 이번 주는 못 가겠습니다. 이번 주 목요일이나 금요일에 다시 약속하고 싶은데, 저는 오후 2시 이후에는 시간이 괜찮습니다. 만약에 수미 씨가 목요일과 금요일에 다른 약속이 있다면 이번 주에는 한 주 쉬고 다음 주에 만납시다. 연락 주세요.

翻譯

　您好，我是和秀美一起語言交換的小明。每個星期二下午4點30分約好和秀美見面，但突然有事，這星期無法去。想再約這星期四或星期五的時間，我下午2點以後都有空。如果秀美星期四及星期五有其他約會，這星期就休息一次，下週見面吧。請跟我聯絡。

重點句型

★ **-기로 하다**：意思為「決定～」。

여름에 해외 여행을 가기로 했습니다.

決定夏天要去國外旅行。

★ **-못**：意思為「無法～」。

매운 음식은 못 먹습니다.

無法吃辣的食物。

★ **-ㅂ/읍시다**：意思為「一起～吧」。

지하철역까지 같이 걸어갑시다.

一起走去地鐵站吧。

변경	變更	실시간	即時
취소	取消	라이브	現場；實況
연기	延期	무료 통화	免費電話
상대방	對方	영상 통화	影像電話；視訊電話

오늘 약속 장소에 늦게 도착할
것 같은데 어쩌지요?

今天應該會晚到約定的地方，
怎麼辦？

59 외국인 등록증 만들기

辦理外國人登錄證

 關鍵單字 請先記住關鍵單字，可以更容易了解MP3播放的內容。

머무르다 動 停留

출입국관리사무소 名 出入境管理事務所

체류 名 滯留

증명 名 證明

서류 名 資料

해당 名 相關

재학 증명서 名 在學證明

사업자등록증 名 營業執照

聽聽看 請先聽一次MP3，並回答以下問題，確認聽懂了多少。　　MP3-59

問題 請回答以下問題，對的打○，錯的打✕。

1. 17세 이상 외국인이 신청합니다. (　)

2. 여권과 사진만 있으면 외국인등록 신청을 할 수 있습니다. (　)

171

　　한국에서 90일 이상 머물러야 한다면 외국인등록증이 필요합니다. 먼저 출입국관리사무소에 가서 '외국인등록 신청서'를 작성하고 여권과 사진을 가져갑니다. 체류 목적 증명을 위해 관련 서류도 준비합니다. 공부를 하기 위해서 한국에 머물면 해당 학교의 '재학 증명서', 일을 하기 위해서라면 '사업자등록증'등이 있어야 합니다. 수수료도 내야 합니다. 17세 미만인 경우 외국인등록증을 따로 신청하지 않아도 됩니다.

　　如果要在韓國停留90天以上，需要外國人登錄證。首先，到出入境管理事務所，填寫「外國人登錄申請書」，並帶護照和照片過去。為了證明停留的目的，也要準備相關資料。為了念書而留在韓國的話，需要該學校的「在學證明」，為了工作的話，需要「營業執照」，也需要支付手續費。若未滿17歲的狀況，不需要另外申請外國人登錄證。

★ **-기 위해서**：意思為「為了～」。

사진을 찍기 위해서 화장을 했습니다.

為了拍照而化妝。

★ **-(이)라면**：意思為「如果～；只要～」。
　　　　　　　連結語尾，接續在名詞後面，表示推測。

아버지는 딸의 말이라면 뭐든 들어줍니다.

父親只要是女兒說的話，無論什麼都會聽。

★ **-아/어/여도 되다**：意思為「（即使）～也可以」。

오늘은 숙제를 안해도 됩니다.

今天不寫作業也可以。

172

延伸學習

연장　延長

발급　發給

재발급　補發

수령일　領取日

유실　遺失

장기 체류　長期滯留

취업 비자　工作簽證

불법 체류　非法滯留

외국인등록증을
갱신하고 싶은데요.
我想更換外國人登錄證。

60 ★★☆

은행 계좌 열기

銀行開戶

 關鍵單字 **請先記住關鍵單字，可以更容易了解MP3播放的內容。**

비용 **名** 費用   출금 **名** 領錢

통장 **名** 存摺   세금 **名** 稅金

인터넷뱅킹 **名** 網路銀行

 聽聽看 **請先聽一次MP3，並回答以下問題，確認聽懂了多少。**   MP3-60

問題 **請回答以下問題，對的打○，錯的打×。**

1. 한국에서 통장을 만들 때 여권과 사진, 그리고 외국인등록증이
   필요합니다. （ ）

2. 통장을 만들면 ATM 이용 수수료는 무료입니다. （ ）

原文

　　외국인이 한국에서 생활할 때 많은 비용이 듭니다. 한국에 통장이 있으면 필요할 때 유용하게 사용할 수 있습니다. 집 근처 은행에 여권과 외국인등록증을 가져가면 은행 통장을 만들 수 있습니다. 은행원의 안내에 따라 통장을 만들고, 같이 만든 ATM 카드 사용 방법과 인터넷 뱅킹 서비스에 대해서도 설명을 들을 수 있습니다. 출금 수수료와 세금에 대한 '자동 이체' 서비스도 알면 편리합니다.

翻譯

　　外國人在韓國生活時需要很多費用。如果在韓國有存摺，需要時可以很有效的使用。帶著護照和外國人登錄證去住家附近的銀行，就可以辦理銀行存摺。依照銀行人員的指示開戶，還可以聽取一起辦理的ATM卡片使用方法以及網路銀行服務的說明。如果了解提款手續費以及關於稅金的自動轉帳相關服務，會很方便。

重點句型

★ **-에 따라：意思為「依據～」。**

선생님 말씀에 따라 연습했습니다.

依據老師的指導練習了。

★ **-에 대해서：意思為「關於～」。接續在名詞後面使用。**

인터넷은행에 대해서 알려 주세요.

請告訴我關於網路銀行。

★ **-에 대한：意思為「關於～」。接續在名詞後面，接著再接名詞。**

토픽 시험에 대한 준비는 다 되었습니까?

關於韓檢考試的準備，已經好了嗎？

현금자동입출금기	自動提款機（ATM）	적금	存款
무통장입금	無摺存款	만료	到期
계좌 이체	轉帳	이율	利息；利率
해외 송금	國外匯款	창구	櫃檯；窗口
잔액 조회	餘額查詢	해지	終止；解除

도장이 없는데
사인을 해도 돼요?
我沒有圖章，
簽名也可以嗎？

61 휴대 전화 개통하기

申辦手機

★★☆

휴대 전화

關鍵
單字

請先記住關鍵單字，可以更容易了解MP3播放的內容。

장기간 名 長期；長時間

선불 名 預付

유심칩 名 USIM卡

금액 名 金額

중고 名 中古

신용카드 名 信用卡

개통하다 名 開通

聽聽看

請先聽一次MP3，並回答以下問題，確認聽懂了多少。　　MP3-61

問題

請回答以下問題，對的打○，錯的打×。

1. 다른 나라에서 사용하던 전화기를 한국에서 쓸 수 없습니다. （　）

2. 신용카드나 통장이 없으면 한국에서 휴대전화를 사용할 수
   없습니다. （　）

PART V

생활하기　生活

　한국에서 장기간 생활하려면 외국인이어도 한국 휴대 전화가 꼭 필요합니다. 해외에서 사용하던 전화기가 있으면 '선불카드'를 사서 사용합니다. 카드 안 금액만큼의 서비스를 이용할 수 있습니다. 또 중고 전화기를 사거나 새 전화기를 사는 방법이 있습니다. 전화기를 사고 나서 외국인등록증, 여권, 신용카드 혹은 은행 통장이 있으면 휴대 전화 개통은 문제 없습니다.

翻譯

　要在韓國長期生活的話，即使是外國人也一定需要韓國手機。如果有在國外使用過的電話，買預付卡使用即可。可以依卡片裡的金額使用服務。還有買中古電話或買新手機的方法。買手機之後，如果有外國人登錄證、護照、信用卡或銀行存摺，開通手機就沒有問題。

重點句型

★ -(으)려면：意思為「如果要～；要～的話」。
　　　　　　表示對事情的假設或希望。

저 레스토랑에서 식사하려면 반드시 예약해야 합니다.
要在那間餐廳吃飯的話，必須預約。

★ -던：意思為「～過的」。表示對過去經驗的回想或敘述。

고향에서 먹던 음식이 먹고 싶습니다.
想吃在故鄉吃過的菜。

★ -고 나서：意思為「～之後」。表示某動作結束後做其他動作。

밥을 먹고 나서 산책할까요?
吃完飯之後，要不要散步？

延伸
學習

요금　費用

충전기　充電器

기지국　（手機）基地台

단말기　終端機

본인인증　本人驗證；身分認證

공인인증　國家認證

휴대 전화를 개통할 때 외국인 요금할인 혜택도 있나요?

開通手機時，
外國人也有費率優惠嗎？

62 약국 가기

去藥局

 請先記住關鍵單字，可以更容易了解MP3播放的內容。

밤새 名 整個晚上

설사 나다 拉肚子

처방전 名 處方箋

환절기 名 換季

일교차 名 日夜溫差

聽聽看 **請先聽一次MP3，並回答以下問題，確認聽懂了多少。** MP3-62

問題 **請回答以下問題，對的打〇，錯的打✕。**

1. 병원에서 처방전을 받아왔기 때문에 약을 받을 수 있습니다. （ ）

2. 약을 먹어도 설사가 나고 아프면 병원에 가야 합니다. （ ）

原文

　　어제 저녁에 매운 음식을 먹은 후에 밤새 배가 아프고 계속 설사를
했군요. 먼저 식사 후에 이 약을 먹고 6시간이 지났는데 계속 설사가
나면 병원에 가 보세요. 병원에서 처방전을 받아와서 약을 먹고 푹 쉬
세요. 요즘 같은 환절기에는 일교차가 크고 많이 건조합니다. 평소에
물을 많이 마시고 가까운 거리는 걷거나 자전거를 타세요.

翻譯

　　昨天晚上吃了辣的食物之後，整個晚上肚子痛，一直拉肚子啊。
請先在飯後吃這個藥，過了6個小時還是繼續拉肚子的話，就請去醫
院。在醫院拿到處方箋，吃藥後請多休息。像最近換季日夜溫差比較
大，很乾燥。平常要多喝水，近距離的地方請走路或騎腳踏車。

延伸學習

열이 나다　發燒

콧물이 나다　流鼻涕

기침이 나다　咳嗽

몸살이 나다　身體痠痛

감기에 걸리다　感冒

칼에 베이다　被刀子割傷

속이 쓰리다　胃痛

편두통　偏頭痛

重點句型

★ -(ㄴ)은 후에：意思為「～之後」。

수업이 끝난 후에 같이 병원에 갑시다.

下課後一起去醫院吧。

★ -군요：接續在形容詞、「-았/었/였」、「-겠」、「이다」之後，表
示感嘆。

잠이 안 올 때 마다 약을 먹었군요.

每當睡不著覺時，都有吃藥啊！

PART I 1~10

1 1.本班機10分鐘後可以開始搭乘。（×）
2.若與孩童一同搭乘須等待10分鐘。（×）

2 1.本班機將在三個小時內抵達仁川國際機場。（○）
2.得繫好安全帶準備起飛。（○）

3 1.今天餐點菜單是牛肉及豬肉。（○）
2.現在可以喝咖啡。（×）

4 1.要買免稅商品的話，告訴空服人員。（○）
2.免稅商品可以在搭飛機前事先購買。（○）

5 1.首爾今天沒有下雨。（○）
2.出發地現在時間為上午十一點。（×）

6 1.所有人都要寫一張入境登記表。（○）
2.入境審查時，移民官可能會問問題。（○）

7 1.海關申報單是每個旅客都要寫一張。（×）
2.國外旅遊後要繳交30%的稅金。（×）

8 1.過海關之後可以領取行李。（×）
2.如果行李中有芒果，不用向海關申報（×）

9 1.行李遺失時，必須要寫行李事故報告書。（○）
2.如果有遺失物品，要去附近的遺失物品部門。（○）

10 1.宋俊基旅客已抵達臺北。（×）
2.宋俊基旅客在3樓旅客詢問處。（×）

PART II 11~20

11 1.從仁川機場到首爾時，有三種方法。（×）
2.地下2樓有「計程車招呼站」。（×）

12 1.手機漫遊是免費。（×）
2.雖然借了電源插頭，如果遺失了要多付500韓圓。（○）

13 1.搭計程車到目的地，依計費器付錢即可。（○）
2.從機場到首爾江南地區，費用約7萬韓圓。（○）

14 1.到首爾站的費用為6,000韓圓。（×）
2.6001巴士2點抵達4A巴士站。（×）

⑮ 1.搭乘巴士期間務必繫上安全帶。（○）
　　2.抵達目的地時要按下車鈴。（○）

⑯ 1.要在論峴下車的人，現在要按下車鈴。（○）
　　2.本巴士即將抵達首爾江南。（○）

⑰ 1.首爾公車的路線共有五個。（○）
　　2.想搭乘深夜公車的話要在網路事先預約。（╳）

⑱ 1.在忠武路站可以轉搭其他列車。（○）
　　2.本站的列車與月台之間距離不近。（○）

⑲ 1.這班列車是開往釜山的列車。（○）
　　2.列車洗手間可以抽菸。（╳）

⑳ 1.這班列車的所有乘客得在本站下車。（○）
　　2.本站會開右側門。（○）

PART III 21～30

㉑ 1.如果英文很好就可以自己訂飯店。（○）
　　2.飯店預定代辦企業可以幫忙預訂飯店。（○）

㉒ 1.入住時需要預約號碼、護照、信用卡。（○）
　　2.房卡上有無線網路密碼。（╳）

㉓ 1.在飯店餐廳用餐時是全部都要收費的。（╳）
　　2.在飯店內的1樓和2樓設施都是免費的。（○）

㉔ 1.這個人想要買旅行時可以吃的食物。（○）
　　2.這個人正在找附近的超市。（○）

㉕ 1.要去故宮的話，從飯店後門出去。（╳）
　　2.如果想去飯店附近的餐廳，要過馬路。（○）

㉖ 1.要從這裡到景福宮時，可以走路去。（○）
　　2.搭公車到景福宮的話，在第四站下車。（○）

㉗ 1.匯率不好時，使用信用卡的人很多。（○）
　　2.今天匯率不好，所以先換美金比較好。（○）

㉘ 1.在國外使用信用卡時，要考慮到手續費。（○）
　　2.這張信用卡在國外旅遊時可以使用，也有其他的服務。（○）

㉙ 1.這家飯店的旅遊服務，8個人以上就可以參加。（╳）
　　2.飯店附近觀光行程服務，要花兩個小時左右。（○）

㉚ 1.上午8點25分左右抵達目的地。（○）
　　2.約一個小時的個人散步，然後回到飯店。（╳）

PART IV 31～45

31 1.預約人數共三個人。（✕）

2.金秀美小姐打算要預約星期三晚上的餐廳。（○）

32 1.這家餐廳可以從很多國家的菜中選擇點一樣菜。（✕）

2.這家餐廳可以用餐2個小時。（✕）

33 1.三個外國人要吃辣炒雞排。（○）

2.因為點的菜不夠吃，所以還要點菜。（✕）

34 1.這家餐廳的食物都是辣的食物。（✕）

2.因為客人點的菜少，所以還要加點。（○）

35 1.客人用餐後正在結帳。（○）

2.下次再來這家餐廳的話，可以使用用餐折價券。（○）

36 1.贈送個人行事曆活動是明年開始。（✕）

2.如果想要拿個人行事曆，要喝2杯新推出的飲料以及其他5杯飲料。（○）

37 1.只有會員才能買這場演唱會的票。（○）

2.用網路買這場演唱會的票時，買兩張票要付2萬韓圓。（✕）

38 1.要提早到演唱會場拿票。（○）

2.在演唱會場不可以拍照。（✕）

39 1.在百貨公司要找想去的賣場，到一樓去。（✕）

2.如果現在買鞋，誰都可以享受折扣。（✕）

40 1.從現在開始飲料買一送一。（✕）

2.這家超市為期30分鐘特價販賣。（✕）

41 1.這個化妝品活動在2月進行2週。（○）

2.在2月透過網路賣場購買面膜買一送一。（✕）

42 1.雖然客人在這裡買了商品，但商品有問題。（✕）

2.如果商品有問題，7天以內可以更換。（○）

43 1.商品購買後過3天以前都可以更換或退費。（○）

2.客人上週買的化妝品，已經有類似的。（○）

44 1.韓國人住在國外的話，也可以獲得退稅。（○）

2.在海關申報處可以拿到退稅。（✕）

45 1.這個包裹用空運到臺灣需要約四天的時間。（✕）

2.寄航空信時，地址和收件人姓名等需要另外寫在紙上。（○）

PART V 46～62

46 1.這所學校學習韓文的課程共有三種。（○）
2.學習韓文的時間為上午9點到下午1點。（○）

47 1.一間房間可以有兩個人住在宿舍。（○）
2.宿舍的廚房及淋浴間是很多人一起使用。（○）

48 1.從學校得要過兩次馬路。（╳）
2.從學校走路約5分鐘就到家。（╳）

49 1.這個人是在臺灣學韓文。（╳）
2.這個人有哥哥（男生稱呼的哥哥），所以是男生。（○）

50 1.每個星期在學校附近學跳舞。（╳）
2.在學校每個星期都有文化體驗時間。（○）

51 1.這台加濕器，除了加濕以外，還可以像照明一樣開燈。（○）
2.韓國人在冬天常用加濕器。（○）

52 1.我們學校的外國人變多，所以正在實施圖書館使用教育。（╳）
2.如果完成圖書館使用教育，有給小禮物的活動。（╳）

53 1.之前韓國人很少一個人吃飯。（○）
2.人們都很忙碌，不容易約吃飯喝酒。（○）

54 1.以小說內容拍成電視劇的話，就成為迷你電視連續劇。（╳）
2.比起連續劇，喜歡迷你電視劇的人較多。（╳）

55 1.這個人在韓國一邊學韓文，一邊參加社團活動。（○）
2.這個人常跟社團朋友去電影院看電影。（○）

56 1.語言交換是一年期間可以一起練習語言。（╳）
2.申請者可以自由選擇想要練習的語言、練習時間及搭檔。（╳）

57 1.韓國人的家大部分沒辦法穿著鞋進去房間裡。（○）
2.如果能送給朋友的父母小禮物會很好。（╳）

58 1.秀美星期四和星期五下午都有空。（╳）
2.這星期二下午無法見面。（○）

59 1.17歲以上外國人所申請。（○）
2.只要有護照和照片，就可以申請外國人登錄證。（╳）

60 1.在韓國開戶，需要護照、照片還有外國人登錄證。（╳）
2.如果開戶了，使用ATM免手續費。（╳）

61 1.在別的國家使用過的手機，在韓國無法使用。（╳）
2.沒有信用卡或存摺，在韓國無法使用手機。（╳）

62 1.因為帶來了醫院處方箋，所以可以拿到藥。（╳）
2.吃了藥還是拉肚子不舒服的話，要去看醫生。（╳）

國家圖書館出版品預行編目資料

每天10分鐘，聽聽韓國人怎麼說 / 裴英姬著
-- 初版 -- 臺北市：瑞蘭國際, 2018.05
192面；17×23公分 --（繽紛外語系列；75）
ISBN：978-986-96207-1-0（平裝附光碟片）
1.韓語 2.讀本

803.28   107003443

繽紛外語系列 75

每天10分鐘，聽聽韓國人怎麼說

作者｜裴英姬．責任編輯｜潘治婷、王愿琦
校對｜裴英姬、潘治婷、王愿琦

韓語錄音｜裴英姬、黃仁奎．錄音室｜采漾錄音製作有限公司
封面設計｜劉麗雪．版型設計、內文排版｜余佳憓．美術插畫｜Ruei Yang

董事長｜張暖彗．社長兼總編輯｜王愿琦
編輯部
副總編輯｜葉仲芸．副主編｜潘治婷．文字編輯｜林珊玉．特約文字編輯｜楊嘉怡
設計部主任｜余佳憓．美術編輯｜陳如琪
業務部
副理｜楊米琪．組長｜林湲洵．專員｜張毓庭

法律顧問｜海灣國際法律事務所　呂錦峯律師

出版社｜瑞蘭國際有限公司．地址｜臺北市大安區安和路一段104號7樓之1
電話｜(02)2700-4625．傳真｜(02)2700-4622．訂購專線｜(02)2700-4625
劃撥帳號｜19914152 瑞蘭國際有限公司
瑞蘭國際網路書城｜www.genki-japan.com.tw

總經銷｜聯合發行股份有限公司．電話｜(02)2917-8022、2917-8042
傳真｜(02)2915-6275、2915-7212．印刷｜科億印刷股份有限公司
出版日期｜2018年05月初版1刷．定價｜360元．ISBN｜978-986-96207-1-0

瑞蘭國際

瑞蘭國際